Seek No Evil
CLASSIFIED
INVESTIGATOR
FILE. 1
調查員檔案
萊爾德·凱茨
NAME Laird Kites
AGE 25
RACE [redacted]
OCCUPATION [redacted]
靈媒大師
U0000131

Seek No Evil
CLASSIFIED
INVESTIGATOR FILE. 2
調查員檔案
列維・卡拉澤
NAME | Levan Kaladze
AGE | 30
RACE | 喬治亞裔 Georgian
OCCUPATION | 獵犬 Hound

GOBOOKS
& SITAK
GROUP©

GOBOOKS
& SITAK
GROUP©

三日月書版

三日月書版

[author] matthia
[illust.] mine
三日月書版
BL064
請勿洞察
volume
one
[01]
Seek No Evil

SEEK
NO EVIL

[洞 察 即 地 獄]

Levan × Laird

Presented by matthia

SEEK NO EVIL

【contents】

VOLUME ONE

SEEK NO EVIL

PROLOGUE

二〇一五年四月二十五日，松鼠鎮發生了一起青少年失蹤案。失蹤者為一男一女，本地人，均未成年，一同就讀於小鎮內高中。

案發前一晚，即四月二十四日夜間，兩人前往高中同學傑瑞．凱茨家中參加派對，然後在屋內失蹤。派對上有九位十五至十七歲的青少年，四位成年的高年級學生，一共十三人，都是同校同學。

房屋的主人，傑瑞．凱茨的父母——凱茨夫婦，當時並不在家中。凱茨先生忙於生意，長期在南美的分公司出差；凱茨夫人是一名聲樂家，此時正在歐洲參與樂團的巡迴演出。

學生們陸續離開凱茨家的時間均在次日凌晨至中午之間。最晚離開的是一名高年級學生，他在二十五日上午十一點三十分離開房屋，並帶著傑瑞．凱茨一同趕往松鼠鎮警局，向治安官報案。

凱茨家設有保全監視器。鏡頭分別位於正門門廊下、客廳高處、通向二樓的樓梯轉角平臺處、二樓走廊上、一樓廚房內（能看見房屋後門），以及後門外的花園柵欄高處。當天鏡頭均有正常運作，拍攝到了所有人出入的畫面。

兩名失蹤者在二十四日晚間八點零四分進門，此後卻沒有任何他們走出房屋的畫面。他們最後一次出現在鏡頭中，是在二十五日零點二十六分。當時他們正在客廳沙發上交談，一名學生把他們叫到走廊。走廊通向一樓的衛浴間，此區域沒有設置監視器。之後，那兩人再也沒有出現過。

叫那兩人起身的學生名叫肖恩·坦普爾，正是前去報案的高年級學生。後續調查中，肖恩曾向不同辦案人員多次敘述過當天的經歷。其中一次，他接受了錄音，他的敘述是這樣的：

「傑瑞家的廁所外面出現了一扇門。門後面就是廁所，但這並不是廁所的門。我的意思是，廁所的門還好好的，而這是一扇很破舊的木門，有點像電影布景，一圈石頭框，上面是拱形，門本身也是拱形。它出現在傑瑞家走廊的牆上，牆的另一側應該是廁所。幾分鐘前它還不在這裡，然後不知怎麼就出現了。我是說門，不是指廁所。

「我叫傑瑞來看，傑瑞說他家沒有這種東西，他猜測是誰帶來的布景道具。這時，我想起艾希莉（記錄者註：即失蹤女生）是話劇社成員，我就叫她過來，問她是否見過這東西。艾希莉說沒見過，她認為是傑瑞在惡作劇。門上面並沒有把手什麼的，一開始我們也沒想試著打開它，因為它緊貼在那裡，另一側是廁所，我們當然覺得它應該是被黏在牆上的假門……但這時候，發生了一些事情……

「傑瑞一邊辯解這門不是他家的，一邊靠在了門板上……結果這扇門竟然動了。它被傑瑞靠了一下，然後開了，傑瑞差點跌倒。當時我想著，如果他真的跌倒了，應該會摔進他家的廁所裡……但並不是這樣。門後面是個我們誰也沒見過的房間，傑瑞也沒見過。裡面很黑，門口有個小平臺，平臺再往前就是向下的石頭臺階。有點像那種地下儲藏室的入口。

「傑瑞家確實有地下儲藏室，但是它不在這裡，不在這面牆上，這面牆的另一邊明明是廁所！我們在走廊裡徘徊了很久，還特意繞過拐角，去廁所看了一眼。廁所還是原來那樣，沒什麼奇怪的地方。奇怪的是這扇門。

「不是每個人都有看見它，大部分的人還在玩，還有人睡著了，就我們四個人在這裡站著。我們都有點茫然，也說不出來到底是害怕還是什麼……然後，羅伊（記錄者註：即失蹤男生）提出了一個大膽的想法，他想鑽進這扇門裡看看。我覺得這不是個好主意，但當時我也沒有太積極阻攔他。

「羅伊第一個鑽進門裡，艾希莉拉著他的手，跟在他後面。他在裡面問我來不來，我說要去拿手機，好拍下來這一切……等我終於找到自己的手機時，傑瑞從走廊跑過來，很慌張地把我拉了過去……那扇門不見了。

「當時我沒有特意看時間，只是估算一下……從我發現這扇門，到傑瑞說門消失，應該只有十分鐘左右的時間吧……不，也許不只十分鐘？我也無法確定。還有，我是從看見那扇門開始算的，在更之前，我沒看見它的時候，不知道它已經存在了多久的時間。

「我問傑瑞，門具體是怎麼消失的，他說他根本沒看清，他的目光離開了門一下，然後再看過去，門就不見了，就好像從沒存在過一樣。然後我們把房子上上下下搜了一遍，一直在屋裡等到了第二天中午。羅伊和艾希莉一直沒有再出現。羅伊帶著手機，艾希莉沒有，我們打電話給羅伊，聽到的是對方不在服務區。

「我沒把這件事告訴太多人，只告訴了我的朋友喬（記錄者註：即另一位參與報案的高年級學生），他不是很相信我，但還是建議我們去報案。不管羅伊和艾希莉到底出了什麼事，總之他們消失了，沒有回來，沒有和我們任何人聯絡。這是確確實實發生的事情。」

肖恩的敘述有些天馬行空，警方反覆核實他是否使用了某些藥品或飲酒過量，他本人以及其親友均予以否認，松鼠鎮當地治安官也未能在第一時間為他安排藥品檢測。

另一位當事人，十六歲的傑瑞·凱茨也承認看到一扇門，但他的證詞有些含糊。

面對松鼠鎮治安官的時候，他的敘述和肖恩的基本上一致；後來過了幾天，失蹤案開始引起更多人的重視時，他又對警方說自己不能確定到底是什麼情況，他的原話是：「好像就是肖恩說的那樣，也可能不是。我也不太記得了。」

幾天後，又有州警詢問傑瑞是否飲酒的時候，他又改口承認自己喝了酒，因為知道自己的年齡小，所以之前才不承認。

事件發生十幾天後的一天，肖恩打電話給傑瑞，問他為什麼突然改了說法。傑瑞可憐兮兮地回答：「因為我真的不能確定嘛，這件事怎麼想都不合理。」

掛掉家用電話機後，傑瑞的手機響了起來。

他愉快地接起手機，「是的，我是傑瑞・凱茨。你們是《深度探祕》製作組？哇！我也很榮幸！真的，我從小就在看你們的節目……對、對，我親身經歷了那個失蹤案，我家牆上出現了一扇古老的門。是的，我親眼看見了。」

電話那邊的人問：「你在郵件裡說，你並不是第一次見到這扇門？」

傑瑞很肯定地回答：「對。我不是第一次見到它。在我很小的時候，我家也出現過這樣的一扇門。」

SEEK NO EVIL

CHAPTER ONE

【偽裝訪談】

二〇一五年五月二十三日早晨，松鼠鎮飄著綿綿細雨。傑瑞・凱茨早早地爬起來，換上了印著《深度探祕》節目LOGO的T恤，抓著手機守在客廳裡。

現在傑瑞仍然一個人住在家裡。事發後，他父親回家了一趟，和鄰居及警方聊了聊，確認一切安好後，就又帶著不多的行李離開了。他母親仍然在歐洲，她經常與他視訊聊天，還向他展示在歐洲為他買的禮物。傑瑞並不介意父母的忙碌，反正他拿著父親的信用卡，母親找的鐘點工也會每週定時上門打掃。

九點三十分，門鈴響起。傑瑞約的人準時到達，分秒不差。

門外站著一個三十歲上下的男人，他面帶微笑，反戴著棒球帽，半長的棕色頭髮在腦後綁了支小辮，穿著到處都是口袋的攝影背心，背著雙肩包，一副十分標準的電視節目工作人員的模樣。這就是之前與傑瑞通過電話的男人。

傑瑞望向他身後，路邊只停著一輛五門小車，車裡再也沒有別人了。

「你在找什麼？」男人問傑瑞。

傑瑞問：「怎麼就你一個人？艾倫和雪麗呢？」

「艾倫和雪麗」是《深度探祕》節目的兩位外景主持人，形象塑造得有點像《X檔案》的男女主角。

男人無奈地說：「我在電話裡解釋過了，現在我們還沒確定要製作這個題材，我只是來初步看看情況。」

傑瑞點點頭，努力掩蓋失望的表情。他堵在門口半天不動，直到對方提醒他，才想起請人家進門坐下談話。

坐定後，客人遞上來一張名片，「你很熟悉我們的節目了，那麼我單獨介紹一下我自己。我是列維·卡拉澤，製作人助理。」

傑瑞接過名片，「你……不是製作人本人？」

列維·卡拉澤保持著微笑，「《深度探祕》每天都會接到很多事件線索，有些很有價值，有些則不那麼有趣……製作人很忙，他沒時間親自調查情況，所以通常由我和我的同事們先進行初步核實，最終確定單元主題。」

「也就是說，你來決定每件素材的好壞？」

「是的。」

「我明白了！」男孩的表情頓時熱情了很多，「對了，你想喝點什麼？我準備了咖啡和蘋果汁……」

「水就可以，謝謝。」

男孩去廚房倒水，列維．卡拉澤環視了一下客廳，特別留意看了看這個家庭的全家福照片。矮櫃上的相框裡只有凱茨夫婦的合照，以及和傑瑞的三人合影，看來，傑瑞是家裡的獨生子。

傑瑞端著杯子回來的時候，列維準備好了錄音筆，「我們就不多廢話了，聊聊那天發生的事吧。」

傑瑞曾經向治安官敘述過一次當晚的事，之後再向其他警官講述時，他就說得比較含糊。今天面對列維，傑瑞講述得比過去還要投入，他加上了適當的語氣與表情，甚至不光進行客觀敘述，還用適當的修辭形容了一下氣氛。看來是提前背過稿子……列維一邊聽一邊皺眉。

講完之後，傑瑞還帶列維去看了看那面牆。

四月二十五日凌晨，這面牆上出現了一道門，而現在它只是一面普通的牆壁。牆上貼著綠色壁紙，掛著兩張印刷品油畫，牆的另一面是一樓的衛浴間。

傑瑞在牆上比劃了一下，示意了門的大致高度、寬度，然後掏出一張事先列印出來的電腦畫作，「看！這就是那扇門。」

列維接過畫，「這不是照片吧？」

「當然不是。我沒來得及拍下來。這是我用電腦繪圖軟體原景重現的。」

「門有這麼華麗嗎？」畫面中，門板上嵌著帶尖刺的黑色鐵條，裸露的木頭上貼著由骷髏與巨龍骨架組成、畫質粗糙的色彩增值圖層。

傑瑞摸了摸鼻頭，「呃……有的細節我記得不太清楚，這個圖主要是……為了重現當時的氣氛……」

列維把圖折起來，還給了他。

兩人坐回沙發上，列維說：「你在郵件裡說，你小時候曾經見過這樣的門。我們談談那扇門吧，它也是這樣子的？」

「不，它不在那面牆上，」傑瑞扭過身，指向樓梯下方的儲藏室，「據說它開在儲藏室裡……我說的不是儲藏室的門，而是儲藏室內部的架子上又出現了一扇門。」

「你剛才說『據說』？」列維問。

傑瑞說：「那時我才一歲。不，也許是兩歲？」

列維嘆口氣，「我還以為你親身經歷了……」

「我確實親身經歷了！你看這個！」說著，傑瑞走向客廳角落，從轉角櫃上拿來一個相框，遞到列維面前。照片上，凱茨夫人抱著一隻棕色貴賓犬。

「這是什麼?」列維問。

傑瑞說:「這隻狗叫糖糖,是我媽的狗,她結婚前就帶著牠。那時候糖糖已經十一歲,是一隻老狗了,牠非常懂事,從我媽懷孕起就守著她的肚子,我出生後就更是……」

列維估算了一下錄音筆的工作時間,打斷傑瑞的話,「我們想知道的重點是,你一兩歲的時候經歷了什麼?」

「就快要說到了,」傑瑞把相框放了回去,「那天,糖糖一直對著儲藏室叫,萊爾德就去打開了儲藏室的門……」

列維不得不又一次打斷他的話,「等等,誰是『萊爾德』?」

「我哥哥。」

「你還有個哥哥?」列維剛才環視過客廳,在視野範圍內,所有家庭照中都不存在另一個孩子。這裡甚至擺著貴賓犬的遺像,但就是沒有另一個孩子。

傑瑞說:「哦……萊爾德是我的異母繼兄。他媽很久以前就死了,後來我爸和我媽在一起,有了我。」

「明白了。請繼續。」

傑瑞繼續講述那天的事。在說之前,他比較誠實地強調了一點:他所知的事情經過都是聽別人講述的，那時他太小，不可能記得這麼多東西。

那年萊爾德十歲，傑瑞大約是一歲多或者兩歲。事發在某個週六的中午。凱茨夫婦外出參加活動，一名六十多歲的保母在家照看兩個孩子。正午時分，小狗糖糖突然開始對著儲藏室狂吠。

保母正在廚房忙碌，她不擅長應付動物，於是叫萊爾德去安撫一下那隻狗。萊爾德打開儲藏室，糖糖立刻衝了進去。幾秒後，狗的聲音消失了，而萊爾德開始發瘋般地尖叫。

保母嚇壞了。她還沒來得及查看萊爾德的情況，學步車裡的小傑瑞也哇哇大哭起來。於是，保母抱起小傑瑞，走到萊爾德面前，試圖搞清楚發生了什麼事。

她順著萊爾德的視線望去，看到儲藏室內的木架子上出現了一扇門。

木架子被門框切斷，連斷口處擺的儲物紙箱都被切成了兩半，但紙箱裡的物品並未掉落，被一分為二的木架也沒有散開，似乎有一股無形的力量在支撐著它們的原有結構，門只是疊加在了這些東西上面。

那是一扇破舊的拱形木門，像是從極為古老的建築物上拆下來的。門半開著，裡面一片漆黑，不斷溢出潮溼而寒冷的空氣。小狗糖糖肯定在門裡面，保母和萊爾德都聽到了牠吠叫的聲音，那聲音先是極度亢奮，又忽然轉為膽怯的嗚咽，幾秒鐘後，牠停止了吠叫。

保母靠近了些，仔細聆聽。她聽到了狗的喘氣聲，以及獸爪「吧嗒吧嗒」往回跑的聲音。於是，她單手抱著嬰兒，伸出另一隻手，想把門縫拉得大些，好讓糖糖更容易通過。

這時，十歲的萊爾德突然大叫著撲向她，將她整個人撞得向後跌倒。

保母跌出儲藏室，還不慎將懷裡的小傑瑞摔在了地上。爬起來的時候，她聽見了兩聲關門聲，一聲是那扇奇怪的門，另一聲是萊爾德關上了儲藏室的門。萊爾德把整個身體抵在門前，如瀕臨窒息般大口喘著氣。

後來據保母形容，她從未見過十歲的孩子露出那種眼神，驚恐，絕望，失去理智，彷彿被迫注視著某種極端恐怖的事物。

保母先去查看了小傑瑞，他頭上撞了一個包，正哭個不停。等保母安撫好嬰兒，小萊爾德已經離開了儲藏室的門，他抱膝坐在客廳角落，仍然保持著驚恐警惕的眼神。

保母去打開儲藏室，那扇古老的怪門不見了，就好像從未出現過一樣。糖糖也不見了，牠被關在了那扇門內，與門一起消失在了這世界上。

後來，保母打了電話給凱茨夫人，又帶小傑瑞去看了急診。小傑瑞沒什麼問題，他頭上的腫包很快就會痊癒。

那天晚上，凱茨先生外出散步了三個多小時，到處尋找失蹤的糖糖。凱茨夫人一手抱著傑瑞，一手拿著糖糖的照片，直到凌晨還在抽泣。

聽完這段故事，列維問：「你當時太小了，真正目睹到『門』的應該只有你的哥哥和保母……那個保母現在在哪？」

傑瑞說：「我長大一點後，她就不在我家工作了。我沒有她的聯繫方式，反正我們又沒什麼好聊的。」

「你家出了這樣的事情，你的父母沒有發表任何意見嗎？」

傑瑞聳聳肩，「有啊。他們把萊爾德送走了，送到他外祖母家去了。」

列維皺眉，「我沒有明白……為什麼他們送走萊爾德，卻仍然和你在這裡生活？」

「呃，你誤會了，」傑瑞說，「我爸媽並不是覺得這屋子鬧鬼什麼的。他們要送萊爾德走，是因為他被評估為精神不穩定，需要治療和幫助。萊爾德堅持糖糖消失在屋子裡，所以一些專業人士懷疑其實是萊爾德傷害了糖糖……醫生還告訴我爸，如果讓萊爾德和嬰兒共處一室，他可能會危害到嬰兒的安全。」

這個說法讓列維愣住了。怪不得這個家裡沒有一點「萊爾德」的痕跡。

列維問：「你父母覺得萊爾德瘋了？」

「算是吧，」傑瑞說，「當然了，我爸也並不是完全拋棄了他……後來我們還是有見過面。我長大一些之後，萊爾德跟我講過當年的事情。我對你講的這些，基本上來自於萊爾德和保母兩個人的敘述。」

「既然保母也記得當天發生的事，為什麼你父母還覺得萊爾德有問題？」

傑瑞搖了搖頭，「有些話，她對長大後的我說過，但沒有對我爸媽和警察說過。她怎麼能說實話呢？誰會相信啊？說了之後，她會和萊爾德一樣被認為是精神失常。」

列維問：「你呢？你也不信？」

傑瑞笑了笑，「我只是不敢肯定，其實我……是有一點相信的。我相信世界上存在著未知的神祕事件。未知不等於虛構，人類未能瞭解的領域有很多。當然，現在我更是完全相信了……畢竟我親眼看見了奇怪的門……」

他話還沒說完，樓上傳來一聲怒吼：「傑瑞！你這個騙子！」

傑瑞嚇得渾身一抖，列維也戒備地站起身。

一個高大的黑皮膚少年出現在樓梯平臺上，連帽上衣的兜帽緊緊裹在腦袋上，雙肩緊縮，目光凶狠，張開的嘴唇一直在發抖。他繼續大喊著「你這騙子」，並踉蹌地跑下樓來，直直向沙發上的傑瑞撲去。

在他衝過列維．卡拉澤身邊的時候，列維一隻手就攔住了他。他試圖推開列維，卻反被掀翻在地。

他咆哮一聲，掙扎著想跳起來，又被反剪著手臂按在了地毯上。

傑瑞蜷縮在沙發最遠端，瞪著眼睛，「啪啪啪」地拍起了手，「真厲害，真厲害……等等，別傷害他！我認識這個人！」

地毯上的少年悲憤地大叫：「你他媽還鼓掌！」

「他就是肖恩，」傑瑞向列維解釋道，「我和你提過他，他也見過那扇門。」

列維放鬆了力道，後退開來，輕聲說了句抱歉。肖恩慢慢爬起來，揉著肩膀和手肘，略帶畏懼地看著這個陌生的年長男性。這人身手十分敏捷，力氣也大得難以置信。

「他是電視臺的？」肖恩大概是偷聽到了之前的一部分對話，「電視臺的人有這麼暴力嗎？」

列維又道歉了一次，還遞上了名片，肖恩沒接。

傑瑞仍然縮在沙發一角，幫這兩人更詳細地介紹了一下彼此，「這位卡拉澤先生是《深度探祕》節目的工作人員，他們節目想調查那扇門的事情。肖恩，你也很喜歡這檔節目對吧？你還說想去他們節目組實習呢。

「卡拉澤先生，這是肖恩，我們都是松鼠鎮本地人，他比我大一些，我從小就被他帶著玩。我剛上小學的那年，是他推薦我看《深度探祕》的，我們是很多年的朋友了。」

肖恩憤憤地坐下來，「我們已經不是朋友了！你沒資格說出『朋友』這個詞！」

「我仍然把你當成朋友！」傑瑞說，「你看，我仍然不鎖房間的窗戶，所以你才能偷偷地爬屋簷，翻進我家來，就像小時候一樣……不過，你竟然大白天來爬我家窗戶，你就不能敲門進來嗎……」

「因為我看到外面停了一輛陌生的車。」

「所以你決定來偷聽？」

肖恩冷冷地看著他，「嗯，我都聽到了。你明明看見了那一晚的奇怪現象，卻對警察說你不確定，還說你是因為喝了酒……最可恨的是，你還說酒是我帶來的！」

「你年紀比我大……」

「但我也還不能買酒！你這自私鬼！」肖恩說著說著，眼角都有些發紅，「你知道這些日子我是怎麼過的嗎？你知道我接受過多少次偵訊嗎？現在好不容易他們放過我了，我又得每週去找兩次心理醫生。我的訓練都泡湯了，昨天的比賽也沒辦法上場了……只有你能證明我沒說謊，可是你竟然……」

兩個孩子嘰嘰喳喳個不停。列維展現出極大的耐心，抱臂坐在一邊，想等他們先吵完。

「我只能這樣，」傑瑞委屈地說，「你是學校的優等生，你的成績沒話說，還是籃球隊的隊長，無論你說什麼，人們都會體諒你的……就算你做錯了事，他們也會想辦法幫你走出困境……我就不一樣了，如果我胡說八道，他們會怎麼看待我？首先我父母就饒不了我。搞不好他們會把我送到精神病院去！就像對萊爾德那樣……」

聽到這，列維終於忍不住插嘴，「等等，你說什麼？萊爾德被送到精神病院了？剛才你不是說他被送到外祖母家了嗎？」

傑瑞垮下肩膀，「是精神病院……他簡直就是崩潰了，否則我爸也不會隨便把他送走。他在那地方住到了……大概是到十五歲？然後他出院了，去了他外祖母家。怎麼，這很重要嗎？」

列維摸著下巴點點頭，「很重要……他也見過那扇門，而且他還表現出了極大的恐懼，對嗎？你剛才說，他一看到門就尖叫，像看到了什麼極為恐怖的東西。」

「對，保母是這麼說的。」

列維看向兩個孩子，「你們也都見過奇怪的門，而你們這群小孩是怎麼做的呢？你們之中，有的人直接走進去了，沒走進去的人就在外面等著，等到了第二天中午……根本沒人想當場逃命，也沒人精神失常。至於你們兩個，一個有心情聯絡我們節目組，另一個主動返回案發現場，並且準備揍人……你們都很有行動力、很健康，一點也不崩潰。你們和你哥哥的反應完全不一樣。」

傑瑞說：「我其實挺害怕的，真的，只是沒有害怕到那個程度……我想，這一定是因為當年萊爾德年紀太小了。我十六歲了，肖恩十八歲了，還有那個保母，當年她都六十多歲了，也沒有嚇到崩潰。」

列維沒說話，只是搖了搖頭。有的時候，越是小孩子，反而越難以察覺到危險。萊爾德對「門」的反應極為劇烈，這應該並不是因為他年紀小。

要嘛，是他從「門縫」裡看見了一些別人看不到的東西；要嘛，是他不只一次見過這樣的門，並且已經知曉了它的恐怖之處。

空氣沉默了幾秒。肖恩忍不住問：「呃……等一下啊，剛才我沒聽清楚，誰是萊爾德來著？誰崩潰了？」

暫時沒人回答他。

過了片刻，列維說：「我得見見萊爾德，還有那個保母。」

傑瑞問：「為什麼？有必要嗎？」

「很有必要。你能找到保母或者萊爾德的聯繫方式嗎？」

「但是……案發現場是我家房子……」

傑瑞的視線飄向列維的手，這位製作人助理先生拿起了桌上的錄音筆，收進了攝影背心的口袋裡，開始看向背包……

列維感受到一種依依不捨的目光，他突然明白了這個小騙子的顧慮。於是他嘆口氣，說：「我們的節目特色就是挖掘每一個細節，讓它們彙聚成邏輯緊湊的完整線索。我們不喜歡單調的場景和過於直白的案件，通常來說，我們需要一個貫穿整個單元主題的核心線索人物——這個核心人物就是你，傑瑞．凱茨。除了你之外，我們還需要接觸各種與事件有關的人，他們各有各的故事，但最終全部線索都會指向你家……」

傑瑞立刻從沙發上跳起來，「原來如此！我懂這個模式！你等等，我去找找我爸的通訊錄。我自己的手機裡沒有存萊爾德的電話……」

他繞過茶几，生怕離肖恩太近，而肖恩再一次茫然地發問：「所以說，萊爾德到底是誰？」

肖恩話音剛落，屋裡響起了門鈴聲。他的問題又一次被無視了。

傑瑞剛起身，正好順便去開門。

「你？怎麼會……」打開門後，他愣了一下，然後回頭望向肖恩和列維，「呃，你們好奇的人出現了……」

「什麼？」列維站起身。

「你不是想見萊爾德嗎？」傑瑞神色複雜地停頓了一下，「但是……你一定還沒做好心理準備……我也沒有……」

傑瑞的態度有些古怪。看來，他口中的異母哥哥不僅童年不幸，現在多半也有某些難以啟齒的問題。

傑瑞說完，外面的人正好收起雨傘。傳說中的萊爾德對異母弟弟笑了笑，哼著歌踏進了門。

凱茨一家人都是金髮藍眼，萊爾德·凱茨也是如此，他的髮色比傑瑞的更淡，即使在陰雨的天氣裡，也能呈現出微妙的金屬色澤。他把頭髮全部攏向腦後，形成了一個過分服貼、過分正式的髮型，再配上附掛鍊的金框眼鏡和一身黑漆漆的修身長袍，營造出一種神經兮兮的可疑氣質。是的，他竟然穿著黑色長袍……就是神父們穿的那種衣服。不過，他沒有戴白色領圈，取而代之的是深灰色的復古絲絨領巾，領巾下面伸出一條細細的鍊子，鍊子垂到腰際，末端掛著小小的白水晶靈擺。

他一手拿著長柄傘（傘柄是銀色骷髏頭），一手提著中型金屬密碼箱（就是電影裡壞人放錢用的那種），哼著歌，款款走進客廳。看到客人們的一瞬間，他停止了哼唱，臉上的笑容突然凝固。

然後他極為誇張地丟掉了手裡的東西，故作天真地歪了歪頭，「我不是在做夢吧？列維．卡拉澤？」

列維也震驚地注視著他，「怎麼會……怎麼是你？你怎麼會是『萊爾德』？」

在傑瑞和肖恩驚愕的目光中，列維大步走向萊爾德，抓起他的手臂，把他拖到門外。萊爾德一邊被拖走，一邊對兩個少年人揮手致意，最後還主動順手帶上屋門。

他剛一轉身，就被列維一把推在了門上。

列維壓低聲音：「你來幹什麼？」

金髮怪人笑咪咪地指了指腦後的木門，「親愛的老朋友，我們去你車裡聊吧。現在我身後有兩個充滿好奇心的青少年，他們正努力屏著呼吸，趴在門上偷聽呢。」

門後面響起微小的聲音，是傑瑞後撤腳步，正撞在肖恩身上。列維捏了一下眉頭，帶著「萊爾德」鑽進了路邊的車子裡。

剛才在凱茨家，列維忍不住想像了一下「萊爾德」會是什麼樣子，雖然這想像很短暫、很零碎，但也足以拼湊出一個生動的形象：

松鼠鎮住著一位凱茨先生，他和妻子生了個男孩，取名為萊爾德。這男孩還未長大，就先後經歷了父母離異、母親去世的打擊。他父親很快又結識了新的愛人，並且又有了一個孩子。從此以後，小男孩萊爾德就是家裡最多餘的人。

一天，他家的房子裡發生了神祕事件，他在事件中遇到了某種未知的恐怖之物……他受到了極大的刺激，卻沒人相信他。更可悲的是，他的父親和繼母不僅沒有陪伴和支持他，還直接把他送到了精神病院。後來他長大了，恢復了一些理智，即使他已經出院獲得了自由，也不能再回到這個家了……

家中根本沒有他的痕跡。沒有他的房間，沒有他的照片，凱茨家的熟人都忘記了他，他繼弟的童年玩伴從沒聽說過他，連失蹤的小狗都比他有地位。

多苦澀，多辛酸，簡直是個小可憐。

大致一算，這個小可憐現在正是剛步入社會的年紀。但他真的能夠去讀書或工作嗎？他真的能過上普通人的生活嗎？

列維坐進駕駛座，疑似「萊爾德」的金髮年輕人在後座上，正通過後視鏡對他微笑。列維摘下棒球帽，抹了一把臉。他的猜想也沒錯……萊爾德確實是二十多歲，確實既沒上過大學也沒有正經工作，而且確實不是什麼普通人……

據他所知，此人不叫「萊爾德·凱茨」，而是自稱「霍普金斯大師」（列維當然知道這不是真名），自稱是一名靈媒、驅魔師、巫術歷史學家、自由撰稿人、探險家、神祕學研究者（列維當然並不相信）。

列維之所以把這堆名詞記得如此牢固，是因為「霍普金斯」給過他名片，還老是寄郵件給他，每張名片上和每封郵件中都有這一大串名號。

列維冷靜了片刻，問：「你真的叫萊爾德？」

「是的，我確實叫萊爾德·凱茨，」金髮青年說，「需要的話，我可以給你看駕照。如果不是今天這麼巧，我也不會把真名告訴你……那麼我就永遠是你心中的靈媒大師霍普金斯了。」

「你怎麼會到這來？」

「這是我家啊。」

列維本想說，你明明早就不住在這了……但他沒能說出口。剛才他聯想出的那個「小可憐」在腦子裡阻止了他。

萊爾德卻不太在意對話中的弦外之音，他坦然地說：「傑瑞把我的事告訴你了，對吧？我確實不住這裡，是警方聯繫了我，於是我決定回來看看。」

「警方？」列維懷疑地望著後視鏡。

「對，真的是這樣。我不是因為跟蹤你才跑到這裡來的，這次真的沒有。」

萊爾德之所以會如此澄清，是因為他過去確實跟蹤過列維幾次。列維有自己的消息管道，有自己的各地線人，當他想獨自追蹤某件事情時，自稱靈媒大師的「霍普金斯」總是會冒出來，先跟蹤他，再死皮賴臉地要與他共用線索，然後聲稱要幫他一把，強行成為他的助手。

列維問：「警方為什麼要找你？」

萊爾德說：「他們不只找我，也找了我父親和繼母。傑瑞還小，他在家遇到這種事，警方總要通知他的親屬嘛。我們家沒有什麼親戚，祖父母都去世了，父親沒有兄弟姐妹，傑瑞他母親那邊的親戚都在歐洲生活……前些日子，我父親回來過一趟，但很快就又走了，這期間警方也找我聊過，於是我才聽說了這件事。」

從前認識的老熟人、小騙子，竟然與這次的事件有著如此之深的聯繫……列維搖搖頭，還是覺得眼前的情形有種說不出的怪異。

他問：「所以，你表面上是回來看弟弟，實際上，你也是為了找失蹤的學生？」

「說是找他們……也對，也不對，」萊爾德說，「重點不是誰失蹤了，也不是他們的失蹤過程……而是他們去了哪裡。」

萊爾德指的顯然是那道門。他當然知道少年們看到的東西是真的，他小時候也見過它。

這次，列維沒看後視鏡，而是直接扭過頭，注視著萊爾德。萊爾德誤解了列維的目光。

「親愛的，我說的都是真的！傑瑞就是證人，我騙不了你的。我本來不想曝光自己的真名和童年經歷，今天被你撞破都是因為巧合……這次你可沒理由指責我什麼。」

列維剛想開口回應，萊爾德搶在他前面繼續說：「我保證，我絕不給你添麻煩……其實以前我也沒給你添過什麼麻煩，是你總不願意信任我。總之，這次我們可要名正言順地攜手調查了，你必須接受我，不然……」

「不然怎麼樣？」

「你一定又是裝成了電視記者什麼的……對吧？」

「嗯，我是《深度探祕》節目組的。」

「呵呵，如果你非要甩掉我，我就告訴傑瑞你這身分是假的。」

列維笑了出來，「這算什麼威脅？就算他知道了也沒什麼大不了的。」

萊爾德湊近前座，「你不瞭解我那個弟弟。如果他知道你不能讓他賺錢或上電視，他就會拒絕讓你繼續調查。他會把你趕出來，然後去尋找真正的記者和節目製作人。」

列維冷冷看著他。如此看來，萊爾德和傑瑞確實有血緣關係。凱茨家的基因肯定有問題。

「好，」列維說，「畢竟你和這件事有關，而且我也甩不掉你。對了，正好我想問你一些事……」

他還沒說出要問什麼，萊爾德瞬間搶答：「我確實住過精神病院。那地方就在蓋拉湖邊。」

「誰問你這個了，」列維說，「我是想知道，你……」

萊爾德再次飛速搶答：「我治好了。不，我的意思是，我根本就沒毛病。你不要以為我做靈媒是因為有精神病，千萬不要亂歸因。你絕對不可以因為我的童年經歷而歧視我、嫌棄我。」

列維十分想打人。從前他面對這個「靈媒」時也數次、經常、頻繁地想打人，好在他的自制力不錯，每次都壓抑住了衝動。

他耐著性子，重新開口：「你聽著，我確實一直很嫌棄你。我嫌棄的是你的品位和辦事方式，而不是別的什麼。好了，你先聽我說完。剛才我聽傑瑞講了一件事，他說，你小時候見過那扇『門』。」

萊爾德沒再貧嘴，而是給出了肯定的答覆：「是的。傑瑞說的，是糖糖失蹤那天的事吧？」

列維點點頭，「聽說你的反應很激烈，還把保母推倒了。」

萊爾德點了點頭。他臉上仍保持著笑意，而列維卻注意到，他的雙手交握在一起，握得越來越緊。列維複述了一遍剛才聽到的事情，萊爾德表示當時的情況正是如此，傑瑞的敘述沒什麼差錯。

最後，列維問：「那時候，你看見什麼了？」

「我沒看到，」萊爾德的語氣意外地平靜，「我只是能感覺到……」

「感覺到什麼？」

「那條狗在喘著氣往這邊跑。」

「然後你想關上那扇門？」列維問。

「是的。」

「也就是說，你認為，一旦牠跑進去了，就不能讓牠再回來？」

「不，糖糖當然可以回來……」萊爾德垂下目光，「但我覺得，那個往回跑的東西不是糖糖。」

傑瑞跪在沙發上，從客廳窗戶偷看外面的車。

肖恩一直追問「萊爾德到底是誰」，傑瑞不得不又把繼兄被送走的故事講了一遍。

他從來沒有和朋友說過自己還有哥哥，畢竟，他的父母也不會主動向人提起萊爾德。

聽完之後，肖恩用異樣的目光看著他，還說他家每個人都很奇怪。

傑瑞問他是什麼意思，肖恩說：「事情已經很明顯了，你家完全忽視了他，所以他才變成了如今這個樣子。」

「哪個樣子？」

「就……剛才你也看到了，就那樣。穿著黑衣服，戴著奇怪的裝飾。如果像他這樣的人來敲我家的門，我肯定會報警。」

傑瑞早就有點嫌繼兄丟臉了，幸好萊爾德不在松鼠鎮住，別人不知道他是凱茨家的人。從前萊爾德只在每年聖誕前夕回來一次，只有傑瑞和凱茨夫婦見過他那古怪的打扮和癖好。現在倒好，不但肖恩見到他了，甚至將來的電視節目裡也會出現他……

傑瑞對朋友解釋說：「其實萊爾德不是你認為的那種騙子，他是真的在做靈媒，研究鬼魂什麼的。」

「你相信這些？」肖恩搖搖頭。

「我倒是想不相信，但我真的經歷了奇怪的事情，」傑瑞嘟囔著，「你也很奇怪，你口口聲聲說確信看到了那扇門，卻又一副很懷疑的態度……那你到底認為自己看到了什麼，外星人綁架？說真的，就算是外星人也可以算超自然的一種啊。」

「你還敢提！你明明和我一樣看到了，卻為了面子而改口供，你對警察說……」

傑瑞連忙遠離了肖恩，現在屋內可沒有暴力的成年人來保護他。

「好了好了，我們能不能先擱置這件事？」他縮到沙發一角，「都是我不對，我膽小懦弱……但重點不是我要如何反省，而是查清楚真相！」

肖恩看了一眼窗外，「怎麼查？靠你哥哥還是靠《深度探祕》？」

「當然是靠《深度探祕》了，」傑瑞撫著自己T恤上的節目LOGO，「他們有專業的設備，還能請到真正的通靈者，甚至能訪問到梵蒂岡的工作人員。你還記得第十季的節目嗎？他們調查一件七十年代的巫術獻祭殺人案，通過威加盤[1]與靈魂溝通，從溝通的結果中尋找線索，結果發現七十年代的事情竟然和當代的一件連環殺人案有關聯，節目做到一半就被警方介入了，但他們的採訪和調查還在繼續……」

「噓！」突然，肖恩比了個手勢，打斷傑瑞熱情洋溢的回憶。

「怎麼？」傑瑞很配合地壓低聲音。

「我好像聽到了什麼……」

兩人保持靜默了幾秒。傑瑞什麼也沒聽到。

「你聽見什麼了？」他問。

肖恩困惑地四下看了看，「剛才我聽到有什麼在跑動的聲音……你家沒有狗，對吧？」

1　原文為Ouija Board，又稱通靈板、靈乩板等，外型為列著各類文字、數字及符號的木板，占卜方式類似東方的碟仙、筆仙。

「是外面的狗吧？」

「那你怎麼聽不見？」

兩人又仔細聽了片刻，還是什麼都沒有。

傑瑞問：「你說的聲音是從哪發出來的？」

肖恩站起身，走向樓梯，指著樓梯下的儲藏室，「好像是沿著牆邊跑的，跑進了這裡面。」

傑瑞背脊一涼，汗毛都立了起來。他確實對肖恩講了繼兄被送走的原因，但他講得比較簡略，並沒有提到小狗跑進儲藏室的事。

肖恩想打開儲藏室的門看看。傑瑞連忙抓住他的手臂，「不不不，別打開！我們不能輕舉妄動……」

「怎麼？」肖恩並不明白他為什麼反應如此劇烈。

「可能會很危險……」

「搞不好只是鄰居的貓，或者浣熊，或特大隻的老鼠……」

「不，」傑瑞堅定地拖著肖恩向後退，「也可能是那扇門。」

就在肖恩疑惑地看著他的時候，儲藏室裡傳來了「咚」的一聲，像是有某樣東西在架子上移動，撞擊到了後方的牆壁。這次兩人都聽到了。

他們對視了幾秒，一起轉身小跑著離開樓梯，拉開大門，向列維．卡拉澤的車子跑去。

列維正在和萊爾德聊十幾年前的事，突然看到兩個孩子哇哇大叫著跑了出來。在他們準備拍打他的車窗之際，他連忙主動下了車。

傑瑞大叫著「門又出現了」，肖恩就接著說「也可能不是」，兩人嘴上爭論著，手卻頗有默契地一左一右拽著列維，把他往房子方向拉扯。

聽到這些，萊爾德也鑽出車子，趕在他們三人之前進了大門，一副興沖沖的模樣。

列維覺得有些奇怪。小時候的萊爾德曾被異狀嚇得慘叫，現在他聽說「門」可能又出現了，卻這麼急匆匆地想去一探究竟……難道因為他常年研究超自然現象，所以不再害怕「門」了？但剛才他講起舊事的時候，還很明顯地露出了緊張的神色……

進屋之後，列維好不容易才擺脫了兩個少年的左右挾持，而萊爾德已經走到了樓梯旁，打開了儲藏室的門。儲藏室裡一切如常，沒有出現什麼「門」。

就算「狗」的聲音是肖恩聽錯了，撞擊聲卻是肖恩和傑瑞同時聽到的。那聲音很明顯，是有一定重量的物體碰到牆壁，而不是東西落地的聲音。而且儲藏室裡也沒有任何東西掉在地上。

萊爾德關上儲藏室的門，望向傑瑞，「傑瑞，你不用害怕，就算『門』真的出現了，你不管它就不會有事的。」

「真的嗎？」傑瑞已經再次縮回了沙發上。

「真的。你回憶一下出事的那天，你那兩個同學是主動走進去的，對吧？除了他們，屋子裡還有很多人呢，其他人沒靠近過『門』，所以也都沒出事。」

傑瑞舒了一口氣，「但是……那扇門裡面……會不會跑出來什麼東西……」

「也許會吧。」

「什麼！」

「你別靠近那種『門』就沒事。」萊爾德篤定地說。

傑瑞緊張地抓著沙發墊，「等等，萊爾德……你怎麼知道？你怎麼知道『門』裡會跑出來什麼？」

「我是靈媒和神祕學研究者呀，」萊爾德蹲在客廳地毯上，打開他帶來的銀色手提箱，在裡面翻翻找找，「你也知道我小時候遇到過可怕的事，所以，後來我一直在研究這些。」

「你知道『門』是怎麼回事了嗎?」

「不知道,但可能比你瞭解得多一些。」

萊爾德從箱子裡拿出幾樣東西,又望向列維放在沙發上的背包。列維的背包比萊爾德的箱子大很多,像是野外生存用的那種,從進到屋內以來,他還沒打開過它。

萊爾德問:「親愛的,你帶電磁探測器了嗎?」

「沒帶。別那麼叫我。」列維說,「電磁探測器在這裡用不上。」

萊爾德說:「拿它找『門』當然不行,但它可以測出異常波動,這樣就能側面推測出『門』是不是短暫出現過。多數情況下,『門』不會一直開著,可能就閃現一瞬間而已。」

「你見過幾次?」列維問。他老早就想問這個問題了。

「也就兩次。」

「第一次是你十歲的時候?」

「那是第二次。」

「那麼,你第一次見到『門』的時候……」

列維還沒說完,萊爾德擺擺手,「以後我再跟你細講,今天時間不多,我得趕快驗證一下剛才是不是真的『門』。」

說完，他拿出一對海綿耳塞，目光在屋內的三人身上遊移，最終停在了肖恩身上。

「你看起來很強壯……」萊爾德盯著肖恩。

肖恩一臉茫然。旁邊的傑瑞說：「他是籃球隊的，還在外面的俱樂部學自由搏擊。」

萊爾德點點頭：「太好了。你叫什麼來著……肖恩？好的，肖恩，我想拜託你做一件事，可能有點奇怪，但我希望你能同意。」

肖恩被他盯得渾身不自在，「那要取決於這事到底有多奇怪……」

「等一下，我會戴上耳塞，閉上眼，」萊爾德坐下來，摘掉眼鏡，仔細地放在茶几上，「然後，我想請你打我一拳。」

「什麼？」傑瑞和肖恩異口同聲。

「我是個靈媒，」萊爾德認真地說，「我不是受虐狂，這是為了通靈。我需要意識模糊，又不能完全失去意識，總之，是一種在疼痛中失神的狀態。眩暈會奪去我的一部分正常感官，疼痛又能維持我的理智。其實也不一定要打我……我也試過用藥物代替，但效果不好，而且也不安全。」

兩個少年都驚呆了。列維實在看不下去，問：「你這是什麼手段？」

萊爾德說：「在恍惚狀態中，我能感知到很多平時無法察覺的東西。這方法是我小時候掌握到的，在精神病院裡的時候。」

「你的意思是，因為醫院裡有人毆打你，反而讓你學會了一種通靈術？」

「這些事都以後再說，我們不能耽誤時間了，」萊爾德邊說邊戴上了耳塞，「『門』殘留的資訊會越來越弱的。」

耳塞被捏扁再膨脹起來，為他完全隔絕了其他人的聲音。他對肖恩勾勾手指，側過臉，指指自己的顴骨附近。

肖恩無助地望向傑瑞，「怎麼辦？」

「我哪知道？我又沒打過人！」

「難道我就打過？」

「小時候你打過我！就是在托兒所的時候……你現在還練自由搏擊呢，你應該很擅長這種事。」

「那不一樣！再說了，這個人是你哥哥哎！」

兩人你來我往半天，就是不動手。列維嘆了口氣，揉揉眉心，站起身，走到萊爾德身邊。

「還是我來吧……」他居高臨下地看著萊爾德。

萊爾德戴了耳塞，閉著眼睛，根本不知道自己面前的是誰。

列維半握空拳，對著萊爾德的上腹部猛地一擊。萊爾德哽咽著叫了一聲，又發不出太大的聲音，在他側身滑倒的時候，列維從旁邊抱住他，讓他不至於摔到地上。

由於條件反射，萊爾德睜了一下眼，列維一手摟著他的身體，另一手捂住了他的眼睛。聽他說需要失去一部分正常感官……那麼也許捂上他的眼睛更好。

兩個少年人都看傻了。

傑瑞愣愣地問：「呃……卡拉澤先生……你為什麼……不打他的臉……」

列維說：「如果打頭部，我可能掌握不好力道，容易出事。」

「那他……現在……沒事嗎……」

「人的腹部有神經叢，很脆弱。不過放心吧，我下手時注意輕重了。現在他一定很難受，意識模糊，但不會完全昏厥。」

說完，列維想了想，又補充道：「你們千萬不要模仿，我是有把握才這麼做的。」

SEEK NO EVIL

CHAPTER TWO

【霍普金斯大師】

正常情況下，人聽不見「開門」的聲音。

某人在週六下午，站在商業區的小廣場中心。小廣場中心的噴泉放著音樂，周圍行人來來往往，街邊有還人在拉小提琴。

這個人聽不見周圍的開門聲。

雖然商鋪、住宅中不斷有人穿梭，有人從咖啡店走出來，有人在二樓打開窗戶透氣，有人停下車打開車門……但是在正常情況下，人們不會特別注意到這種聲音，不會關注何時何地有哪一扇門被打開。

只有當「門」是為你而開的時候，你才能聽見它，感覺到它。比如推開自家大門，比如開窗通風，比如有客人來訪，比如走入安靜的教室，比如敵人在巷子另一邊停車，打開車門，穿過黑暗向你逼近。

對於萊爾德而言，日常環境中的一切就相當於「喧鬧的商業區」。

正常情況下，他感覺不到哪扇門在何時打開，又在何時關上。而與旁人不同的是，當他精神恍惚，幾近昏厥，又被痛苦環繞時，他就會忘記身邊的一切，感知到門扉開合的軌跡。

他曾經研究過其中原因，但目前還沒有一個肯定的結論。他認為也許是因為他的幼年經歷……不是十歲那次，而是更之前的一次。從那以後，每當他再次經歷類似的痛苦，他的感知就會變得極為敏銳，而且只專注於世界之外的東西。

一陣強烈痛苦從腹部炸裂開來，他渾身痙攣，蜷縮著倒在某人身上。他短暫地睜開眼，又立刻閉上，在黑暗中開始慢慢摸索。

那扇門正在關閉。門短暫地打開過，就開了一小段時間。門縫張開一掌寬，又馬上往回合攏。在門合攏之前，有人……或者說有什麼東西，正在向著門飛奔。

對方的腳步聲由遠至近，雖然急切，但聲音非常輕微，就像心跳聲一樣難以察覺。三十米、十米、最後兩步……他馬上就可以撲入大門，穿過近在眼前的壁障。

就差這兩步……就差一點點距離。門在他眼前關閉了。

他沒能剎住腳步，撞在了已經消失的門上。追捕者就在他身後，而現在他無處可逃。

追捕者的動靜非常大。奔逃者的腳步聲十分輕捷，追捕者卻是沉重的龐然大物。它踏地的時候，地面上傳來細微的震顫，每當出現簌簌刮擦聲，就說明它正用利爪扣緊地面，繃住身體，挪動腳步，準備撲向獵物。

接下來，追捕者與逃亡者都不見了。

門扉徹底關閉之後，其後的空間也會漸漸消失，那空間消失之後，其內部的東西便也全數隨之遠去。最後，萊爾德只捕捉到了極其細微的一點點聲音……像是個男人的聲音。他發出嘆息，說了一句話。

發音很含混，聽起來模糊而遙遠……萊爾德想聽清，但他的專注力已經開始分散了。他分不出這聲音屬於誰。是那個匆忙奔逃的生物，還是緊隨其後的捕獵者。

痛苦逐漸減弱，但還未完全消失。萊爾德的身體漸漸放鬆，眉頭舒展開來，他睜開眼，拂掉蓋在他臉上的手……

他發現自己坐在地毯上，斜靠在列維．卡拉澤懷裡。列維也坐在地上，靠著沙發，皺眉俯視著他。

萊爾德痛苦地呻吟道：「啊……怎麼是你……」

「什麼意思？」列維問。

「怎麼是你打我……我不是讓那個孩子打我嗎……而且你怎麼打我肚子……」

「不管用嗎？是我打得不夠痛嗎？」

「不是不是……」萊爾德試著坐起來，竟然沒有成功，「我……我覺得好像……有一把長劍刺穿了我的身體，把我釘在了你身上……」

列維一挑眉毛，把他整個人拖了起來，在他哼哼叫的抗議中將他平放在沙發上。從列維打人的那一瞬間開始，傑瑞和肖恩一句話都沒敢說。他們規規矩矩地並排坐在對面，用目光互相交流看法。

過了好一會，萊爾德還在躺著呻吟，列維好像無事發生般坐在旁邊。傑瑞終於忍不住問道：「那個……卡拉澤先生？你是不是認識萊爾德？」

「是的，」列維說，這沒什麼可隱瞞，「我一直在幫製作人東跑西跑，核查各種與超自然力量有關的題材，你哥哥也研究這些，所以我和他打過幾次交道。那時我不知道他叫萊爾德，更不知道他的過去，今天突然看到他，我還真有點吃驚。這事真是太巧了。」

萊爾德蜷縮著側躺，插話說：「傑瑞……你不要誤會……今天是我第一次被他打……從前……我們並沒有……」

「你先別說話，好好休息一下。」列維往旁邊挪了挪，正好擋住萊爾德的頭，「等等我們還想聽你說說『法術』效果如何呢。」

萊爾德蠕動了好久，最終放棄了起身，乾脆側躺著開始講述剛才感知到的東西。

在敘述之前，他反復詢問傑瑞和肖恩是否相信他，因為很多人都不信任靈媒，但又要問靈媒一堆問題。等靈媒認真解答之後，他們又覺得這些東西全是靈媒編造的。

傑瑞說自己絕對信任他，肖恩卻說：「我不知道我信不信，畢竟你還什麼都沒說呢。」

萊爾德笑了笑，「你比較誠實。對了，失蹤的學生是一男一女對吧？」

「對，」肖恩說，「羅伊和艾希莉。」

「羅伊是從哪來的？你們知不知道他的第一母語是什麼？」

「他是松鼠鎮本地人，他的父母也是。」

萊爾德抱著沙發墊，看著天花板。看來那聲音不是羅伊的。

列維回身看向萊爾德，他敏銳地注意到了這問題的含義，「你是聽見什麼了嗎？」

萊爾德從察覺到「關門」講起，描述了自己感受到的每一個細節。講到「門」漸漸遠離，講到最後聽到的聲音。

那是人類的聲音，男人的聲音，他的發音含混而古怪，可能是奇怪的咒語，也可能是某種外國語言。

萊爾德模仿了一下那個發音，但學得不太像，另外三人也分辨不出它到底是什麼意思。

說完這些，傑瑞問他：「就這樣？」

「你還想怎麼樣？」

「呃，我只是覺得……」傑瑞抓抓頭髮，看向儲藏室，「我還以為你會看到更恐怖的東西……」

「家裡出現了不可能存在的通道、不可能出現的聲音，還有人在廁所外面失蹤……你還想要多恐怖？」

傑瑞說：「我只是不瞭解這些嘛。你是靈媒，我還以為你能看到鬼魂，能和異次元的東西溝通什麼的。」

萊爾德翻了個身，面朝沙發靠背，「唉……你真幸福。」

「這話是什麼意思？」

萊爾德背對著傑瑞，傑瑞看不到他的表情。不過，列維倒是居高臨下，能夠看到萊爾德半個側面。萊爾德微皺眉，閉上眼睛，深呼吸了兩下才說：「沒什麼……只是，其實那扇門很可怕，真的。你沒體驗過，這是好事。」

傑瑞不滿地撇了撇嘴。他知道萊爾德十歲時遇到的事情，但他想不通那有什麼可怕的。正要繼續問時，他的手機響了起來。他跑到門外去接電話，留下肖恩面對著兩個奇怪的陌生人。

肖恩低頭玩手機的時候，萊爾德終於從沙發上爬了起來，「嘿，肖恩，我有個建議……」

肖恩抬起頭。萊爾德低聲說：「我建議，你以後盡量別來凱茨家。」

「什麼意思？」

「我不是叫你和傑瑞絕交，而是說……從今起，你最好少進這棟房子。能不來就不來。」

「為什麼？」肖恩不自覺地瞥了儲藏室一眼，「難道這裡鬧鬼，而且纏上我了？」

萊爾德爬起來，恢復坐姿，「不是，這裡沒有鬧鬼，但是我仍然擔心你會被『某種東西』纏上。這麼說吧……多年來，我一直在研究各種超自然現象，關於這種奇怪的『門』，我也間接地接觸過好幾次了。雖然還搞不懂它的原理，但我也隱約摸索出了一些規律……比如，一旦『門』在某處出現過一次，接下來就有很大的可能性會繼續出現。它出現的時間可長可短，可能持續很久，叫人難以忽視；也可能一閃而過，沒人察覺。除了我的親身經歷之外，我還見過一些其他案例，它們基本上都側面證明了一個規律：每個案件中都有人會失蹤。有的人一開始就消失了，也有的人初次見到『門』時沒有進去，多次目擊之後，卻選擇懷著恐懼走進去……然後就再也沒有出來。」

肖恩瞥了儲藏室一眼，勉強地笑了笑，「你們這些靈媒都喜歡嚇唬人嗎？」

「不是嚇唬你，」萊爾德的表情相當認真，甚至比被打的時候還嚴肅，「跟你說一個真實案例吧，是去年發生的。當事人是一個居住在加拿大人的小說家，他多次在社群網路上提起奇怪的『門』，但大家都覺得他是在惡搞。最後，他留下了一篇貼文，說想要結束這件事，想去看一眼就回來……等他的朋友開始重視這篇貼文的時候，他已經失蹤好幾個星期了。你可以搜搜『黑騎士3342號』這個帳號，還有《石楠女士》這本書。書的作者就是我說的失蹤作家，那個帳號是他的私帳。」

肖恩捏著手機，很想現在就搜搜這件事，但還是忍住了。他隨口問：「你也不只一次見過『門』，那你怎麼沒跑進去？」

萊爾德垂下目光，思索了片刻，沒有馬上回答。

肖恩突然有點慌，「等等……別告訴我你其實進去過……」

萊爾德笑著搖搖頭，說：「我知道你不太相信我，沒關係，我說的這些只是建議，和你說說總比不說好。這建議對你沒有壞處，也不難辦到，你遵守一下、注意一下，對你也沒什麼損失。」

肖恩皺了皺鼻子，不知該如何回應。列維抱臂靠在沙發上，一直沒有插話，只是若有所思地望著萊爾德。

萊爾德又叨念了幾句，肖恩猶豫地點點頭，表示自己會多加注意。他想了想，又問：「那傑瑞呢？難道他也要離開這裡嗎？」

此時傑瑞仍在屋外講電話，大概是不想讓對方聽見屋裡有這麼多陌生人。

萊爾德望了大門一眼，說：「我正要說關於傑瑞的部分。肖恩，剛才我說的話，你不要告訴傑瑞。」

「啥？為什麼？」

「傑瑞住在這，這裡是他的家，他不可能長期搬出去，他不會願意的。就算他願意，他還得向父母解釋……更重要的是，憑我對他的瞭解，別人越是告訴他『別這麼幹』，他就越可能會好奇地想去試試。如果你想讓他不做某件事，最好你自己先忽視它。」

肖恩感嘆：「說得對，傑瑞就是這種人。」

萊爾德又說：「我小時候，『門』就已經在這房子裡出現過兩次了。最近短短一個月內，它又出現了兩次……這麼想來，在過去的十幾年中，也許它還出現過若干次，只是傑瑞和他父母都沒察覺到而已。每個人的感知力是不同的，他們三人大概比較遲鈍，只要『門』不出現在特別明顯、無法忽視的地方，他們很可能根本察覺不到。只要察覺不到，他們就不會有危險。但是肖恩，你不太一樣，剛才是你先感覺到異常的。你可能比傑瑞敏銳一些，敏銳的人更容易被危險吸引。」

肖恩說：「就算是這樣……萬一那東西真的又出現在很明顯的地方呢？比如派對那天，它出現在廁所外的牆上，想看不到都難。」

萊爾德說：「如果是這樣，傑瑞的第一反應肯定是聯繫你，以及聯繫這位列維・卡拉澤。他會等我們到齊了，等列維找來整個攝製組，讓一群人帶著攝影器材浩浩蕩蕩地走進去，最好能現場直播，他還必須入鏡……他肯定想這麼做。這樣反而安全，至少他不會悄無聲息地鑽進去。」

大概是想像出了那個畫面，肖恩被逗笑了，「行，我大概瞭解了。放心吧，我不傻，我就是個普通的學生，沒有你想像的那麼勇敢……」

這時，傑瑞接完電話回來了。他只聽到最後兩句。

「你們要做什麼？」他興奮地問，「你們要拍肖恩進『門』的畫面嗎？如果他不願意，那我來……」

「當然不是，」列維立即說，「這些事得由製片和導演來詳細策畫，攝製組得先做準備。」

「噢……說到這個，」傑瑞面帶歉意，「卡拉澤先生，關於之前我們在電話裡說的——你可以在我家借宿兩天，順便觀察靈異現象……現在可能不行了。因為有個突發情況，我沒法招待你了。」

列維說：「這倒沒事，我本來就該去外面住。不過……是出什麼問題了嗎？」

原本列維確實打算在凱茨家住下，反正凱茨夫婦長期不回家，一切都由傑瑞說了算。這倒不是為了省錢，而是他認為門還會出現，他希望能第一時間親眼看到那扇門。

在電話裡，傑瑞對他這個陌生人毫無戒備之心，立刻就答應了他留宿的要求。大概是因為很多恐怖片都是這麼演的：捉鬼小隊或紀錄片攝影師攜帶了大量設備，住進委託人家中，第一晚風平浪靜，之後就開始無限高潮迭起……

傑瑞晃了晃手機，「剛才是我爸打來的。他突然回國了，剛下飛機。他要先去一趟工廠，所以沒這麼快到松鼠鎮，但他說今天晚餐時會回家……我不能讓他看到你們聚在這。」

肖恩難以置信地看著傑瑞，「等等，你和《深度探祕》合作，而你爸媽根本就不知道？」

傑瑞說：「他們當然不知道，他們最討厭超自然話題了……再說了，我在家開派對已經讓我爸非常不爽了，當天還出現失蹤案。如果再和他說我找人調查『牆上的門』，他肯定認為我也發瘋了，就像……」

說到這，傑瑞看了萊爾德一眼，把後半句吞了回去。

萊爾德本人倒毫無怨言，仍然面色和善。

「沒關係，傑瑞，」他笑咪咪地說，「事實如此嘛。你的想法沒錯，我們不能留在這裡。」

說完，他轉向列維，「列維，我們去酒店開個房吧？」

列維沒理他，只對著傑瑞說話：「我去附近找個汽車旅館住就可以了。但是傑瑞，你看，我是個陌生人，本來我也不該唐突地借宿，而萊爾德呢？難道他也不能留在自己家裡嗎？」

傑瑞有些為難，一時語塞。萊爾德趁機搶話，「怎麼了列維？你不願意和我住？

上次我們就住在一起了啊，就是調查『籬笆牆』的那次，而且那家旅館還只剩下大床房……」

列維拒絕回應他，只是目不斜視地看著傑瑞，「你哥哥好不容易才回家一趟，也許你父親也想見他一面呢？」

傑瑞說：「哦，這倒不會，我爸說過不想見他。」

列維一愣。連旁邊的肖恩都被這直白冰冷的陳述震驚到了。

傑瑞解釋道：「因為他、他現在是……」他對著萊爾德比劃了一下，「他是……這個樣子。我是說他的穿著，還有自稱的職業……而且他都不掩飾一下。我爸前不久還說過，如果和萊爾德斷絕聯繫，他心裡會有點愧疚；但如果萊爾德總是跑回家來，他又覺得丟人……抱歉萊爾德，這真的是我爸說的，不是我非要這樣說你。」

「我知道。」萊爾德微笑點頭，「他找我談過這些，親口跟我說過差不多的話。再說了，家裡早就沒有我的房間了，睡沙發還不如睡酒店的床呢。」

肖恩向他投去同情的目光，萊爾德回以一記誇張的欠身，傑瑞努力擠出笑意，整間客廳陷入一種尷尬的沉默中。

最後是列維打破了僵局，他站起來舒展了一下手臂，說：「好了，我還有事，得先走一步了。今天我們談得很順利，也很愉快。」

傑瑞連忙問：「那你們什麼時候上門拍攝？」

「我隨時聯繫你吧。如果你有什麼新的發現，也要及時通知我，我們好做相應的準備。你懂的，我們節目總是要準備很多東西……」

「好，我明白，但這兩天我爸在家，我可能沒辦法……」

列維背上旅行包，拍了拍小伙子的肩，「不急，製作人和導演他們也很忙，最近都不太理我。你放心吧，這個素材很有趣，我想製作人會有興趣的，耐心點。」

傑瑞喜滋滋地送列維出門。肖恩還打算多留一陣子，就窩在沙發裡揮了揮手。

萊爾德緊緊跟著列維，一副已經綁定成搭檔的模樣。

列維打開車門，剛把背包放進後座，萊爾德便毫不客氣地拉開副駕駛門坐了進去，把手提箱放在腳下。

「你要幹什麼？」列維彎下腰，撐在車門邊盯著他。

萊爾德邊調整椅背邊說：「好啦，我知道你在屋裡一直忍耐著，別忍了，來吧。」

「你他媽在說什麼？」

「你覺得我在說什麼？」萊爾德反問道，「你不是有一肚子話想問我嗎？剛才我們在車裡聊到一半，被突發情況打斷了，你肯定還沒聊盡興。剛才你總是盯著我看，肯定是又憋了一堆疑問。來吧，我們慢慢聊。」

列維瞪了他一眼，坐進駕駛座，發動車子。

萊爾德在座椅上蠕動著，「你的安全帶護肩套該洗了……要不然還是直接換一套吧。」

「不准給我拆下來。」

「有腰枕嗎？」

「沒有。」

「我記得上次有呀！就是從廢棄馬戲團回來的那次，我坐你的車去諾拉……」

「後來就沒有了。」

「哦……你有口香糖嗎？普通薄荷糖也行。」

「沒有。」其實列維有口香糖，就在他的背心口袋裡，但他不願意拿，「你能不能閉嘴？每次我開車的時候你都囉嗦個不停！」

萊爾德並不肯閉嘴，甚至還開始指揮起來，「前面路口直行，看到醫院後右轉，拐出去，上公路。」

「你幹什麼？我手機上有導航軟體，不用你扮演它。」

萊爾德托了托眼鏡，「現在時間還早，我想帶你去個地方，你肯定會感興趣的。車程不近不遠，大約一小時吧，路上我們可以好好聊天，到了地方之後再一起吃個午飯。」

「你要去哪？」列維暫時聽從了這個「臨時導航系統」的話，駛上直行車道，在路口等紅燈。

「去蓋拉湖邊的紅櫟療養院。就是我小時候住過的那個地方。現在安琪拉・努尼奧也在那裡長期住院。」

列維問：「安琪拉是誰？」

「我家那位保母。」

列維忍不住笑了一聲。她怎麼也住進了精神病院？當年她好不容易才裝作什麼都沒看見，把所有瘋狂都推到一個十歲小孩身上……

萊爾德說：「對，我們進了同一家醫院，這並不好笑。列維，你應該能感覺到，這次和以前不一樣。」

「什麼不一樣？」列維漫不經心地問。

「我們距離要找的東西越來越近了。」

列維沉著臉，「你知道我要找什麼？」

「我當然知道，」萊爾德笑道，「從前我們『偶遇』過那麼多次，『合作』過那麼多次，我還偷偷留意過你調查的其他案件……」

「你還……」

萊爾德無視了列維的不爽，強行說完：「我知道，你和我一樣……你也在長期追蹤『不協之門』的痕跡。」

說這話的時候，萊爾德一直在折磨車載音響，好不容易找到了喜歡的電臺，他終於滿意地靠回座椅上。電臺裡放著一首挺老的歌，《加州旅館》。

他跟著輕聲哼唱了幾句，又說：「列維，我有很多事要跟你慢慢說……你別嫌我煩。我只能和你合作，因為只有你會完全相信我，也只有我懂得如何協助你。」

列維不置可否地「嗯」了一聲。

車子駛入公路，將松鼠鎮拋在身後。

二〇〇〇年六月三日早晨，安琪拉・努尼奧打了通電話給在其他城市的弟弟。她列出一串草藥名，叫他幫她買好寄過來。

弟弟問她要做什麼，她壓低聲音說，我雇主的家裡恐怕有什麼不好的東西，我只是想防身。她的家族一向很相信鬼魂之說，那些草藥的用處還是從她祖母那輩傳下來的。

安琪拉在松鼠鎮當長期保母，鎮上沒有地方能買到那些東西。雇主凱茨夫婦總是很忙碌，家裡有一大一小兩個孩子，所以安琪拉的假期並不規律。等雇主夫婦不忙時，他們會讓她放個長假。她不想等長假了，想儘快拿到能驅邪的草藥包。

每天她都會聽到奇怪的聲音，一些明明不存在、卻近在咫尺的聲音。比如拖拉重物的聲音，有蹄動物的腳步聲，指甲或小爪子的刮擦聲，風吹動什麼東西的撲打聲，遠近難辨的叩擊聲等等……聲音出現的時間不固定，類型不固定，位置也變幻莫測，遠時似乎在屋外，近時好像就在牆裡，有時像潛伏在衣櫃中，有時似乎藏匿在床鋪下……

她很確定自己沒有產生幻覺，因為雇主的大兒子也感覺到了。那個男孩叫萊爾德，十歲。安琪拉很確定，他一定也感覺到了什麼，但他裝作無視這些聲音，而且不願意談論這件事。

不久前的某天，晚上九點多，安琪拉例行去查看一歲多的小傑瑞睡得如何。路過萊爾德的房間時，她發現門縫裡透出忽明忽暗的光線，房間裡傳來細小的抽泣聲。

她輕推開門，發現萊爾德裹著被子坐在地毯上，抱著一支大手電筒。他一下照向面前的衣櫃，一下又照著窗戶下方的一小塊空牆，手電筒的光在室內晃來晃去，即使安琪拉走了進來，萊爾德也沒打算停下。

安琪拉問他在做什麼，他說沒什麼，只是在玩。他顯然不是在玩。他小臉煞白，說話的聲音都發抖了。安琪拉曾多次發現，那孩子會陷入莫名的恐懼之中，無論怎樣關心，怎樣試圖溝通，他都不會透露出恐懼的原因。

安琪拉照顧過很多兒童，在她看來，萊爾德的這個特徵非常不同尋常。一般的小孩會大聲嚷嚷著衣櫃裡有怪獸、床底下有惡魔……就算十歲的孩子已經過了那個年紀，如果他真的被什麼東西嚇到了，也會主動尋求大人的庇護。可萊爾德與一般的孩子相反，他總是說沒什麼。

有時候，連安琪拉都聽見了一閃而過的巨大聲響。它出現得快，消失得也快，距離非常近，讓人難以忽視，卻也難以判斷聲源。安琪拉望向萊爾德，萊爾德瞪大眼睛僵硬地站著，被嚇得動也不敢動……但他什麼也不會說。安琪拉問他是否聽見了什麼，他沉默著搖頭。

萊爾德一向是個有點奇怪的小孩。安琪拉剛到凱茨家的時候，凱茨先生特意和她談過萊爾德的情況。萊爾德是凱茨先生與已故前妻的孩子。幾年前，凱茨先生與前妻柔伊和平分手，當時兩歲的萊爾德由柔伊撫養，此事三年後，也就是小萊爾德大約五歲的時候，他與柔伊一起失蹤了大約五天。

柔伊的母親先發現了他們二人失聯。那天，她外出參加社區活動，回來時家門反鎖著，沒人來為她開門。柔伊的電話無人接聽，家裡的車還停在原地。出於一種不祥的預感，老人立刻去報了案。警方突破房門，發現柔伊和孩子都不見了。

室內沒有任何侵入和搏鬥痕跡。失蹤時，柔伊和小萊爾德都沒有穿外套，穿著室內拖鞋。柔伊的外出包和呼叫器都留在屋裡，呼叫器裡還有新的文字資訊，當時她正在與大學時的朋友聯絡，詢問下個月的同學有誰會參加。

當天晚上，警方和附近的鄰居開始到處搜尋他們。凱茨先生也驅車趕往柔伊所在的城市，參與搜尋工作。

五天後，大約凌晨四點的時候，柔伊的母親剛剛入睡。這幾天她總是徹夜難眠，以淚洗面，今天倒是不知不覺地睡著了。

她夢見了自己生下柔伊時的情景，然後柔伊飛快地長大，又生下了萊爾德……柔伊坐在床上，讓她來抱抱嬰兒，她伸出手，還未碰到外孫，就被一聲慘叫驚醒了。叫聲瘋狂而尖銳，令人渾身發麻。聲音弱下來之後，尾音是兒童稚嫩的嗚咽聲。

老人滿頭冷汗地爬起來，在黑暗中僵坐了片刻，分辨出聲音來自女兒柔伊的房間。她衝過去，打開燈，只見外孫萊爾德跪在地上，面對牆壁，一邊哭喊一邊用沾滿泥土的手指抓摳壁紙。

他的衣服變得又破又髒，還沾有血跡，身上有一些不算嚴重的擦傷。後來經過檢驗，衣服上的血有一部分屬於柔伊，還有一些不是血液，只是顏色類似血液的不明物質。

警方試圖從這孩子口中問得線索，卻一無所獲。萊爾德非常想傾訴，非常想讓警方幫自己找到媽媽，只可惜，他講出的東西對案情毫無幫助。他才五歲，而且被嚇壞了，記不清東西，分不清幻覺與現實，一切被他講得支離破碎，根本只是孩子的惡夢。

大約一年後，小萊爾德在醫生的幫助下逐漸恢復了健康，但仍然不能回憶起失蹤期間的真實經歷。他被父親帶走撫養，母親柔伊至今下落不明。

聽說這些事情之後，安琪拉．努尼奧本來十分心疼萊爾德。與他相處久了之後，她的心疼卻逐漸被恐懼取代了。

本來凱茨家就有點怪怪的，幸好也只是怪而已，可以歸咎為心理作用……但有萊爾德在就不一樣了。萊爾德總是緊繃著，總是在留意某些東西。

有一次，他神經質的眼神飄來飄去，最後落在安琪拉身後的書櫃上。他盯著那裡，一動不動。

安琪拉渾身寒毛直豎，慢慢轉過身，櫃子並沒什麼不妥……就在她放鬆下來時，櫃子後的牆上傳來一聲悶響，就像有什麼東西撞上了牆的另一側。

她再度望向萊爾德，萊爾德已經離開了原地，蜷縮在房間裡距離書櫃最遠的角落。

這不是幻聽，書櫃上的小擺飾被震倒了一個。書櫃貼著牆，牆的另一邊是凱茨夫婦的臥室，臥室裡空無一人。

安琪拉也明白，凱茨家的古怪不能怪萊爾德，但萊爾德總是會加劇她的恐懼。

二〇〇〇年六月三日中午，安琪拉開始準備午飯。

她把一歲的小傑瑞放在學步車裡，跟在她身邊不遠處，萊爾德坐在客廳沙發上，安安靜靜地看書。

凱茨家養著一隻小型貴賓犬，名叫糖糖，有十幾歲了，平時特別懂事，不鬧不叫。今天也不知怎麼回事，牠突然從窩裡跳起來，跑到樓梯旁，對著樓梯下的儲藏室狂吠。

安琪拉不擅長應付小動物，就叫萊爾德去安撫一下糖糖。萊爾德走過去，試試探探地把儲藏室的門拉開一道小縫……糖糖體型嬌小，立刻就鑽了進去。沒過幾秒，萊爾德開始尖叫起來。

聲音把小傑瑞嚇得哇哇大哭。安琪拉焦頭爛額地丟下廚具，抱起小傑瑞，連忙過去看看發生了什麼事。

萊爾德已經停止了尖叫，跌坐在旁邊的地板上。儲藏室的門被打開了一半，安琪拉小心翼翼地走近，按開燈，然後驚訝得倒吸一口涼氣。

儲藏室裡憑空出現了一扇木質雙開拱門，它十分古老破舊，突兀地「嵌」在貼牆的櫃子上，就像是有人從報紙上剪下來一張圖片，強行貼在了不屬於它的畫面中。門開著，裡面非常黑，安琪拉站在這裡，只能看見門內幾步遠的地方。

那面牆的另一側是個普通房間，絕不是花園或森林，卻隱隱透出夾著植物味道的潮溼氣息。

小狗糖糖吠叫奔跑的聲音越來越遠。安琪拉小心地又靠近了些……糖糖已經跑了那麼遠？這得是多大的一個空間？她望向架子上的手電筒，糾結著要不要看個清楚。這時，糖糖尖銳地嗚咽了一聲，吠叫聲停止了。

小狗開始往回跑。也許是因為周圍太安靜，牠的爪子拍在地上，「嚓嚓嚓」的聲音十分明顯，喘氣聲也比平時更沉重。

安琪拉一咬牙，單手抱著傑瑞，另一手拿起架子上的手電筒，想撥一下半開的門板，讓它開得更大些。

她還沒接觸到門板，小萊爾德突然大叫著撲過來，緊緊抱著她的腰，並且把她向後拽。

當時安琪拉十分困惑驚惶，腳下也站得不穩，最後萊爾德用全身的力氣撞向她，竟然把她撞得一個跟頭跌出了儲藏室。

她一跌倒，懷中的小傑瑞也被摔在了地上，她來不及多想，馬上抱起小嬰兒，查看他有沒有因此受傷。

在她分神之際，儲藏室裡傳來了清脆的關門聲。先關閉的是那扇奇怪的門，沒人接觸它，它就自己關上了。

然後萊爾德立刻關上了儲藏室的門，關好後，他背靠著門，眼神渙散，呼吸急促，小臉上血色全無。

一歲的小傑瑞沒什麼大礙，但還是受了點傷，頭上瘀腫起來。安琪拉心慌意亂，一邊想著該怎麼對雇主交代，一邊又不停地想起剛才看到的東西。還有糖糖，糖糖就這麼不見了？該怎麼對凱茨夫婦解釋？牠會是跑到了外面某處嗎？貼出尋找啟示會有用嗎？

從剛才起，萊爾德一句話也沒有和她說。她再次靠近儲藏室，想開門看看裡面，萊爾德也沒有阻止她。

她小心地打開門，儲藏室裡一切正常，只有手電筒和一些小東西掉在了地上。架子和牆壁上毫無異常，那扇門彷彿只是幻覺。

安琪拉讓萊爾德待在家裡，先帶小傑瑞去了醫院。她外出的時候，凱茨夫婦回到家中，發現客廳亂七八糟，午飯做了一半晾在廚房裡，小狗糖糖不見了，而萊爾德精神恍惚，焦躁不安，又開始講述一些莫名其妙的東西。

凱茨先生對此十分憂心。在他看來，萊爾德五歲時受了刺激，現在症狀又復發了。

仔細回憶起來，這孩子當初就並沒有完全痊癒，這五年裡他一直都有點神經兮兮的，和任何人都合不來。

等到安琪拉抱著傑瑞回到家，她已經冷靜下來，準備好了對雇主的解釋。

她被推倒在地，傑瑞受了傷，糖糖突然失蹤……這一切都確實發生了，都是實話。對於「理智」的成年人來說，這不算撒謊。

如果她說出那些瘋話，就可能因此受到投訴，家政公司也許會重新考慮她的評分，甚至乾脆解雇她……幸好，凱茨夫婦信任她，還非常感謝她能夠第一時間就帶傑瑞去醫院檢查。

自那天後，安琪拉又在凱茨家服務了六個月多一點。在那六個月中，她再也沒有見過奇怪的門。

只有一次，她從夢中驚醒，用餘光發現窗外好像有什麼人……她轉頭望去，窗戶一切正常。奇怪的是，剛才她迷迷糊糊看到的好像不是自己房間的窗戶……那扇窗戶更大，玻璃的顏色更深，而她住的房間只有一扇不到半平方公尺的透氣窗。

她沒有多想這件事，只要不想，不靠近，就不會再看到更多。

後來她找了個機會，與凱茨家友好地分別，休了個長假，換到了另一個家庭去工作。

之所以要離開，第一是因為她想以體面些的方式擺脫這幢房子，第二是因為她不想面對萊爾德。因為她要「理智」，所以所有的瘋狂都被推到了十歲的萊爾德頭上。起初他只是一個因創傷產生心理障礙的孩子，現在他已然被診斷為有攻擊性、有幻想症、有殘害小動物嫌疑的危險分子……

萊爾德很快就被送走了，照理說安琪拉也不必再面對他，但凱茨夫婦總會和她提起那天的事，鎮上的人也特別喜歡找她打聽萊爾德的古怪之處……

這一切讓安琪拉疲憊不堪。她知道自己的行為十分偽善，可她又並不為撒謊後悔，於是，逃離此地對她來說是最舒服的選擇。

二〇〇二年十二月二十四日下午，安琪拉在位於比安德市的自己家中，與女兒瑟西一起準備晚餐。等一下她弟弟一家人會來拜訪，與她們一起過平安夜。

弟弟一家準時到達，按響門鈴，安琪拉開門的時候，一種說不出的古怪感覺突然氤氳在她心頭……她的目光越過弟媳的肩膀，看到了走廊對面的房門。那家的大門是漆黑的金屬色，上面鑲嵌著繁複的樹藤紋樣，門把上還掛著鐵環……昨天那家人的門還是桐木色的呢，他們竟然在聖誕前夕換了大門，還換成了這麼誇張的樣式？

在她注意到的時候，那扇門緩緩打開了，門裡洩出冷白色的光，在燈光有些昏暗的走廊裡幾乎有些刺眼。

這時小侄子向她伸出雙臂，她蹲下來擁抱了他，再抬起頭時，她驚訝得僵在了原地——對面哪有什麼金屬色的門？

而且她突然意識到，這幢公寓走廊上的門與門並非一一正對，她站在自家門口，能看到的鄰家門是在斜對面，而不是完全正對。

安琪拉詢問弟弟一家，他們都沒看到什麼黑色金屬門。從走進樓道到現在，從來就沒看到過。

二〇〇七年二月，安琪拉不再外出工作，甚至不願走出自己的房間。

二〇〇八年五月二十四日，安琪拉的外孫女出生了。

安琪拉長久不出門，今天終於鼓起勇氣去醫院探望女兒瑟西和孫女。她還沒找到病房，就迷失在了醫院裡。她一路亂跑，穿過各種無關的科室，最後跑上了醫院樓頂，在天臺廣場蹲下來不停哭泣。

根據一名目擊的護士說，安琪拉走路的樣子小心翼翼的，好像擔心隨時會有東西從角落跳出來傷害她。她在一個轉角處停下來，猶豫了很久，最終轉身跑向了錯誤的方向。她不肯說出這樣做的目的，也無法靠自己找到正確的路線。

二〇〇九年十二月二十三日，安琪拉意外跌傷，腿部留下殘疾，從此無法行走。

二〇一二年一月十五日，安琪拉在家人的安排下住進了紅櫟療養院，進行長期休養的同時，也接受精神上的治療。

二〇一五年五月十三日，安琪拉的女兒瑟西前往紅櫟療養院探望母親。半路上，她接到一通電話，來電者正是萊爾德．凱茨。他說明了自己的身分，表示也想去探視安琪拉。瑟西曾經聽母親提起過「萊爾德」，但並不知道此人成年後仍然與母親有來往。

安琪拉平時總是神情恍惚，但她竟然還記得萊爾德。聽說他要來探望，她表現出了極大的期待。她一再對瑟西交代，讓他快點來，快點來。

瑟西本來想讓安琪拉與萊爾德直接通電話，但安琪拉年老後聽力下降得很嚴重，當面說話時都得比手畫腳，幾乎無法用電話交談。

二〇一五年五月二十三日下午，萊爾德．凱茨和列維．卡拉澤抵達了蓋拉湖一帶。他們迷路了兩小時，終於在探視時間結束之前找到了紅櫟療養院。

列維停車的時候，萊爾德摘下了領巾和項鍊，戴上白色領圈，準備偽裝成真正的神職人員。

「你開車迷路的問題還是這麼嚴重。」萊爾德碎念著，翻下遮陽板照了照鏡子，把金框眼鏡換成了細黑框眼鏡。

列維邊倒入車位邊說：「都是因為你亂指揮，沒有你在的時候我從來不迷路。」

「車輪沒回正。」

「你閉嘴。」

倒不是列維嘴硬，他一個人跑東跑西的時候真的不怎麼迷路，但每次碰上萊爾德（舊稱霍普金斯大師），他都會遇到標示不清的小路、沒有路標的小鎮、地圖上不存在的岔路、被樹叢遮擋的隱密彎道等等……

每次「偶遇」萊爾德，他們都會被正調查的事情引到荒僻難走的地方，即使在大城市裡也一樣。

兩人下了車，望向山坡上曲折的小路。路兩邊是茂密的灌木，中間空隙僅能容兩人並肩行走，無法行車，只能步行。

紅櫟療養院位於一座樹木繁茂的山丘上，從停車場裡看不見任何建築，只能看見無邊的樹林。據萊爾德介紹，當你沿著小路慢慢走上去，療養院會在某個轉角後突然映入眼簾。

列維邊走邊說：「我怎麼老是跑到這種僻靜的地方來？怪事怎麼就不會發生在迪士尼樂園裡呢？」

萊爾德問：「你是說哪種怪事？泛指一切未解之謎，還是特指『不協之門』？」

「門。」

「你以為迪士尼樂園裡沒有嗎？」

列維嗤笑道：「別把 creepypasta[2] 當真。」

2 藉由網路傳播擴散的都市恐怖傳說。

萊爾德說：「不是，我說的是東京迪士尼的事[3]。你不知道吧？二〇〇九年的某天，當地一家六口在遊覽灰姑娘城堡時，四歲的小女兒和十五歲的長子失蹤了，而且是在次女和父母的注視下失蹤的。據他們描述，當時長子領著小妹進了一扇門，他們跟上去時，門就消失了。就像從沒出現過一樣。」

列維說：「真有這事？但我覺得不太對……『不協之門』的目擊報告通常有個共同特徵，那就是『門』的模樣大多十分古老，或者充滿異域風格……如果灰姑娘城堡附近出現這樣的『門』，那怎麼會只有一個家庭受害？迪士尼裡有很多古樸或華麗的門，這麼一來，難道不會有很多遊客誤入嗎？」

萊爾德說：「根據那個家庭的描述，他們看到了一扇銀灰色的感應自動門，位於城堡側後方一處牆體的外部。門上沒有標示，沒有把手，幼兒靠近並觸摸它之後，它自動向左側滑開。你想像一下這扇門的模樣，如果你在遊樂園裡看到它，你覺得它是什麼？」

「員工入口，」列維瞬間明白了他的意思，「當然……迪士尼應該不會設置這麼突兀的員工入口。」

3　此事件純屬作者虛構。

「對，一般人都會以為是員工入口。所以，即使也有別的遊客看見過這扇門，其中大多數遵守規矩的人也會選擇主動忽略它，而不是靠近去觀賞它。更何況，『不協之門』的出現過程一貫十分短暫，大概也不會有集中且大量的目擊者。」

看來，「門」不一定十分古老，它們只是與環境格格不入。列維問：「你怎麼知道得那麼清楚？我是說東京迪士尼的事。如果迪士尼樂園裡出了事故、甚至是凶案，肯定會被人炒得滿世界皆知，但我從沒聽說過這件事。」

萊爾德說：「有時候，越嚴重的事越不為人知，反而是胡扯的都市怪談隨便怎麼傳都可以。畢竟我是個靈媒，和你一樣，也有自己的消息來源，」

「你真的是個靈媒？」列維不只一次想過這個問題，也不只一次隨口問出來。

萊爾德沒回答。他停下腳步，彎腰撐著膝蓋，抱怨走上坡的小路太累……列維沒理他，也沒等他，只是繼續向前走。他曾見過「霍普金斯大師」被一條比特犬追著跑了好幾條街，萊爾德才沒這麼柔弱。

列維早就發現了，萊爾德想岔開話題的時候總愛演戲，但演技一如既往的差。

在列維看來，萊爾德渾身寫滿了「可疑」和「騙子」這兩個詞，即使他不自稱「靈媒」也一樣。列維想起上次與萊爾德的「偶遇」……萊爾德在凱茨家提到過，他們一起調查過一個「籬笆牆」事件：一群農場裡的孩子在籬笆邊玩耍，其中一名兒童翻過籬笆後突然失蹤，再也沒有出現。

那段籬笆很矮，中間有明顯的縫隙，大多數兒童的視線都能越過它看到同伴。目擊者說，失蹤者翻過去後還向籬笆走了兩步，然後就不見了。

其他兒童說，當時附近沒有任何陌生人或野獸出現，籬笆附近也未發現任何隱藏的洞穴、井口或流動土壤。

那次，列維偽裝成漁業與野生動物部門的人，在農場附近閒晃了將近一星期。他認為這次事件不一定是「不協之門」引起的。因為籬笆是農場自有的，它並不是一個古怪突兀的東西，在場的其他兒童也沒有看到過任何具體的、能用「門」或「入口」來形容的東西。

而萊爾德卻認為這一定是「不協之門」。目擊者說，失蹤兒童向著籬笆走了兩步，然後失蹤，那麼這個孩子很可能在籬笆牆上看到了某種通路。至於其他兒童為什麼沒看見……大概是因為他們位於籬笆另一側，從他們的方向看不見「門」，只能看見正常的籬笆。

「籬笆牆」給列維留下了兩個疑問，一個是事件是否與「不協之門」有關，另一個則是——為什麼「霍普金斯大師」的消息如此靈通，總是與他「意外地」相遇？

列維第一次接觸「霍普金斯大師」是在四年前，他們都來到某棟疑似鬧鬼的房屋進行調查。列維的假身分是地產仲介，「霍普金斯大師」則是被這家人請來進行驅魔的。當時列維和事主都覺得這個「驅魔師」太過年輕，一看就不可靠。

最終他們發現「鬧鬼」是場誤會，與未知現象無關。從那以後，「霍普金斯大師」開始頻繁出現在列維身邊，每次列維追尋到有價值的案例，可疑的「靈媒」肯定會跟著出現。

有幾次，列維甚至懷疑自己被放了追蹤器。「霍普金斯大師」每次都說是巧合、是命運。今天列維才終於明白，這事既不是巧合，也無關追蹤器，只是因為他們都在追蹤同樣的東西而已。

雖然這也不能解釋為什麼萊爾德總是消息特別靈通……列維只能認為，他大概和自己一樣，身後有著某種不方便公開的組織和管道。列維暫時不想追問萊爾德的真實身分。那個人是萊爾德．凱茨，是見過兩次「不協之門」的珍貴見證人，光憑這一點，就很值得與他合作。

兩人在小路上拐過幾個彎，道路坡度趨緩，依山腰而建的紅櫟療養院終於出現在一片林木後面。

「療養院」聽起來比較溫和，實際上這棟建築看上去更像小型監獄。大門邊設有守衛室，院牆非常高，上面架著鐵絲網，透過鐵絲網能夠看到院落深處的兩棟矮樓，每扇窗戶都安裝了完全封閉的金屬柵欄。

走進院子的時候，萊爾德深呼吸了幾次。列維注意到了這一點。

他忍不住猜想，也許萊爾德還沒有與回憶達成和解，也許這裡仍然是他最不願踏足的地方之一……他從十歲開始，在這裡生活了五年，精神病院肯定無法給他一份正常的校園生活。在別的小孩學習成為大人的年紀裡，他卻終日與瘋狂相伴……

列維正想著，萊爾德突然湊過來問：「你皺著眉頭，在想什麼呢？」

「我在想，為什麼安琪拉好像比你瘋得更厲害。」列維說。不是撒謊，他之前確實思考過這一點。

「我覺得你不是在想這個……」萊爾德狡黠一笑，「啊，我知道你在想什麼了。別亂猜了，不然我直接告訴你吧……」

「等等，我亂猜什麼了？」

萊爾德湊得更近些，小聲說：「我沒有在這裡被性侵過。不要胡思亂想，也不要為我難過。」

列維斜了他一眼。

萊爾德連忙補充說：「噢，等等，剛才那句話有歧義！我的意思是，我沒有在任何地方被性侵過，不要為我難過。」

「萊爾德……」列維捏著眉心，嘆了口氣，「這裡的護理人員打過你，對吧？你在凱茨家沒有否認這一點。」

萊爾德微微吃驚了一下，聲音故意帶上了顫音：「是打過……那時他們的管理手段實在是很不符規定。後來這裡換了負責人，改進了工作方式什麼的……但願現在沒有這種事情了。」

「哦，你覺得痛嗎？」

「那時我還是個小孩呢，當然很痛了。你問這個幹什麼？」

「沒什麼。他們打得挺好。」列維對他微笑，推開大門，走進樓房。

找到護理站之前，萊爾德一路上都在譴責列維，罪狀如下：刻薄、冷酷、不尊重人、容易迷路、缺乏同情心、沒有團隊精神、倒車入位不熟練、吃漢堡先吃肉再吃別的太噁心……

列維已經不只一次收到這些譴責了。最後一項是新添的，該罪名成立於今日，在蓋拉湖畔生效，具體來說，生效於二人在公路休息站買午飯的時候。

到了護理站，萊爾德瞬間就恢復正常了。他一臉沉靜溫和的模樣，看起來還真有點像個真正的神職者，雖然略顯年輕了點。

聽到他們要見的病人姓名後，護士面露遺憾之色：「我很難過要這樣告訴你們……抱歉，努尼奧女士在今天上午去世了。」

「今天上午？」列維和萊爾德都很吃驚。

「她的家屬在等你們，」護士走出來，示意他們跟上，「她知道你們今天要來，特意要等著你們。跟我來。」

SEEK NO EVIL

CHAPTER THREE

【獵犬】

安琪拉．努尼奧死於大腦動脈破裂，享年七十七歲。

她走得突然，其女兒瑟西．特拉多卻十分平靜。在她看來，母親已經被不可見、不可知的東西折磨了十幾年，現在終於能重獲平靜了。

安琪拉在療養院生活了三年，病房裡有大量她的私人物品。瑟西一邊收拾，一邊等著名叫萊爾德的年輕人。她記得很清楚，母親一直很想見萊爾德，還有很多東西想交給萊爾德。

那是三本筆記，和一大一小兩個上鎖的鐵盒。筆記裡全都是安琪拉的瘋言瘋語，大鐵盒裡是幾根枯草，兩塊石頭，一枚很髒的鍊墜，小鐵盒裡全都是碎紙片。它們原本應該是一整張塗鴉，後來有一次安琪拉發狂，親自把它撕碎了。稍微清醒後，她把紙片從家中的角落重新收集起來，有幾塊被撒到窗外的就毫無辦法了。

等人的時候，瑟西草草翻閱了一下母親的筆記。裡面字跡潦草，行文混亂，英語和西班牙語混用，還經常出現叫人看不懂的拼寫錯誤……她嘆口氣，希望母親想見的那位「萊爾德」能夠給她一些答案。

列維和萊爾德已經來到了病房前。門開著，瑟西抬頭看到他們，徑直向列維走來。

「你一定是凱茨先生了……」

「我才是萊爾德・凱茨。」萊爾德繞到列維前面去。

「呃……我還以為你是個神父……」

「我確實是。」

瑟西笑中帶淚地誇了他幾句，說如果安琪拉看到他過得不錯，她一定會很欣慰。

萊爾德愉快地接受了讚美，擁抱了瑟西，還說要代表神祝福她之類的……

列維默默看著他們。努尼奧一家顯然不是十分虔誠的信徒，萊爾德的發言和氣質都充滿十分明顯的騙子特徵，瑟西竟然看不出來。她應該有四十多歲了，怎麼還和傑瑞・凱茨一樣好騙。

過了好一會，瑟西才想起要問列維是什麼人。列維沒怎麼想好這一點，就說自己和萊爾德是童年朋友，小時候也見過安琪拉，還被她幫助過什麼的。瑟西苦笑了一下，也不知是感慨母親竟如此被人敬愛，還是即使心有懷疑也懶得深究。

瑟西招呼兩人坐在被收拾乾淨的病床上，自己坐上了床頭櫃。她猶豫了片刻，問：「兩位，要不然我們還是把話說清楚吧……這樣裝下去也挺累的。你們知道我母親身上發生的事，對吧？」

萊爾德說：「我不確定自己知道多少……」

瑟西說：「她對我講過你小時候的事。幾年前才說的，就是她的腿受傷之後……那之前，我一直以為你只是她工作中遇到的小插曲，普通的頑劣小孩什麼的……」

列維插話道：「是不是她知道自己可能要出事了，所以抓緊時間坦白這些？」

瑟西不舒服地看了他一眼，還是和氣地回答了他：「也許吧。她那時就說過很想見萊爾德，想有個溝通的機會，但……」

列維笑道：「所以，是她自己選擇了紅櫟療養院？她認為萊爾德可能還瘋著，還被關在這，所以想到這裡來找他？」

「當然不是……我的意思是……」瑟西一邊結結巴巴地解釋，一邊求助般望向萊爾德本人。

萊爾德也很無奈。據他瞭解，列維一直是個「刻薄、冷酷、不尊重人、容易迷路、缺乏同情心、沒有團隊精神、倒車入位不熟練、吃漢堡先吃肉再吃別的太噁心……」的人，但通常來說，列維在與別人溝通時沒什麼問題，要挖苦也只挖苦他一個人……天曉得列維今天是怎麼了。

萊爾德嘆口氣，「特拉多女士……呃，我能就叫妳瑟西嗎？我猜，一開始妳不相信妳母親，就像當年別人也不相信我一樣。」

信她。」

瑟西點點頭，「是的。現在想起來，她摔傷的那次就很蹊蹺了，而當時我並不相信她。」

「我聽說她是在家裡摔傷的，從階梯上滾了下來。」

「因為我們只能這樣判斷，」瑟西說，「實際上，那天她比這狼狽得多。她渾身是擦傷，腿上的傷最重……你們沒看到當時的情形，她的腿都扭曲變形了，從樓梯滾下來也摔不成那樣。我發現她的時候，她蜷縮在地上，用長裙兜著一些東西，緊緊地抱著它們……就是那些，你們看那個大盒子裡面。」

大鐵盒就放在列維手邊。他打開盒子，和萊爾德一起翻了翻其中的東西……石頭，枯草葉，還有一枚髒兮兮的鍊墜。

瑟西解釋說：「當時我問她這是什麼，她說，這是證據。」

「證據？」萊爾德正在觀察其中一塊石頭，列維則看著鍊墜發呆。

「她說她走進了一扇門，一扇平時並不存在的門，」瑟西說，「她從前就常常說看到它們，但她從沒靠近過，而且也不想靠近……這次，她進去了，而且從裡面拿出來了點東西。」

萊爾德問：「她走進去了？那扇『門』開在哪裡？」

瑟西說：「我不確定。她總是能看到奇怪的東西。她說起過的『門』有很多，櫥櫃裡、臥室牆上、公寓走廊上……她都覺得有『門』。我們看不到，要她指出位置，她又說它們不是一直都在。老實說，因為當初的我不相信她，所以沒有刻意記住她每次指的位置。」

列維抬起頭，「那些『門』全都在她住的公寓裡？」

「也不是。」瑟西指向病房的懸掛電視下方，「安琪拉還說那裡也出現過『門』。不只她家，也不只那棟公寓，她說外面有更多……醫院裡也有，街上也有。她在醫院裡迷過路，找到她的時候，她說是因為看到了很多『不該存在的門和路』，她想避開『有危險』的那些，最後走來走去，就分不清哪條路才是『真正的』了。還有，她見過的也不只是『門』，你們可以看看她的記事本……她記下了很多，還畫出了一些，有些更像窗戶、井、山洞什麼的，還有些東西我也認不出是什麼。」

列維點點頭，隨手拿起一本筆記。他打開本子，視線卻仍然停在手中的鍊墜上。從看到它起，他就一直拿著它，從沒有放下過。

旁邊的萊爾德在翻筆記、看石頭，沒有留意到列維的小小異常，他正好翻到筆記本的某一頁。二〇〇九年十二月二十三日。

「十二月二十三日？」他抬起頭，「安琪拉走進那扇『門』，拿出來了一些東西……還摔傷了腿，這事是發生在二〇〇九年十二月二十三日？」

瑟西說：「她自己那樣寫了，應該就是吧。那時她總是說一些我們無法理解的話，但她的記憶還是正常的。我也可以去查查她的病例，看看是不是這天。」

萊爾德問：「妳記得具體的時間嗎？二十三日這天的具體幾點。」

「這可就記不清了。我只記得，我是下午回家的，一打開門，她已經趴在地上了。然後我叫了救護車，那時應該是下午四點多。」

萊爾德驚訝地半張著嘴，遲疑了很久，又問：「安琪拉……她是幾點去世的？」

這就是今天上午的事，醫院有記錄，瑟西當然很清楚。

她深呼吸了一下，低下頭：「今天上午十點十七分。怎麼，她的去世難道和當年受傷有關係？」

萊爾德暫時沒理她，而是一把抓住身邊的列維，把沉浸在思索中的列維嚇了一跳。

「列維！今天上午十點多！」萊爾德按著列維的雙肩。

列維想了想，「嗯，那時我們在凱茨家。」

「大約十點十七分的時候，我們兩個在幹什麼？」

「在聊關於『門』的事情？」

為了提醒列維，萊爾德伸手推了一下他的肚子，「差不多就是那時候……你剛打完我！我正在神志不清！」

列維露出了恍然大悟的表情。瑟西面色糾結地看著這兩人，決定不要問他們具體在幹些什麼。

「還有二〇〇九年十二月二十三日，」萊爾德又說，「來的路上，我們還說起了這一天呢。」

列維問：「東京迪士尼？」

「對。換算成我們本地的時間，那件事發生在二十三日下午兩點至兩點三十分之間。當事人不知道是具體幾分幾秒，但能清晰地記得大概的時間範圍。安琪拉也在同一天的同一時間看見了『門』，甚至可能還走進去了。」

兩人對視了片刻，都開始抓起記事本翻閱。很快，列維找到了想找的東西。

今年四月二十五日，安琪拉寫下了一段日記，內容不長，字跡比平時工整很多。

四月二十四日夜間，凱茨家出現了一道不可能存在的「門」，兩名高中生走了進去，失蹤至今。然後，四月二十五日凌晨，也就是失蹤事件剛發生幾小時後，身在療養院內的安琪拉・努尼奧在筆記中寫道：

今天又是非常清楚的一天。太清楚了，我不能再看，不能再看到更多，越是這樣，我就越能看清，閉上眼也沒有用。閉上眼會讓我喪失警惕。既不能察覺，也不能閉上眼。如果不是這樣，我寧可瞎掉。今天太清晰了。

安琪拉的行文比較奇怪，叫人不能一眼就看懂。

「果然，」萊爾德說，「不同的地點，同樣的時間。這扇門無處不在嗎？就像日食一樣……」

「什麼像日食？」列維問。

「『門』就像日食、月食、行星大十字、宇宙射線大爆發，或者其他什麼天氣……」

列維忍不住糾正，「你說的這些東西不叫『天氣』。」

「別在意這種小事，你明白我的意思就好，」萊爾德說，「你想啊，某天，日食發生了，但並不是所有人都能看到它。有的人能完整地感受日食過程，也有的人拉上了窗簾、戴著耳機，根本不知道會發生日食，所以聽不見也看不見……還有的人住在另一個國家，那邊只有偏食，或根本是黑夜……總之，無論你能不能看到它，它都在某一時刻發生了。現象是客觀存在的，不是由某個人或者某棟房子引起的……區別只是你能否看見它而已。」

列維點點頭：「所以每次安琪拉看到『門』，並且記錄下來，同一時間，在別的地方也有目擊者。」

萊爾德繼續翻看筆記。這次他看得並不仔細，只是草草流覽，於是很快翻到了最後一篇。最後一篇寫於今天，記下的時間是十點整。內容只有短短幾行：

它就在那裡。任何我可能看到的。我又會看到她。我一直試著告訴她，別碰米莎。她明白嗎？

萊爾德把這幾句話念了出來。

旁邊的瑟西一驚，「什麼？米莎怎麼了？」

「米莎是誰？」

「我女兒……」瑟西不安地盯著萊爾德手裡的記事本，「她和安琪拉很親密，安琪拉精神失常後，唯一能讓她安靜下來的就是米莎了……安琪拉為什麼會提到米莎？」

萊爾德搖搖頭，無法回答。他看著這段最後的筆記：「至少我們知道安琪拉不在『門』的另一邊。她有遺體，沒有失蹤。她在這段話裡提到了兩個人，一個是外孫女，另一個『她』又是誰？」

瑟西越琢磨越著急，忍不住伸手搶過了記事本。她還沒有看完安琪拉的所有筆記。她拎著本子的封面，內頁嘩啦一下張開，一張對折的影印紙掉了下來。

這張紙不屬於記事本，是單獨夾在最後一頁的。它正好落在萊爾德腳下，萊爾德把它展開。紙上沒有文字，只有一張簡筆畫。

紫色水彩筆畫出一扇半開狀態的門，或者窗戶，門內是各種顏色組成的雜亂線條。令人不安的並不是這彩色旋渦，而是雙開門上的把手——它們不是門環或鬧柄，而是兩隻手。

雖然畫面幼稚，缺乏細節，但任何人都能看出，門把確實是兩隻手。畫面右下角是明黃色的、字體稚氣的簽名。

米莎

瑟西雙手發抖，下意識地捂著嘴。

萊爾德嘆了口氣，「看來，這是祖母和外孫女之間的小祕密。」

瑟西沉默著思考了很久，最後同意讓兩位訪客拿走鐵盒，筆記則要留下。安琪拉聲稱裡面的東西和「門」的另一邊有關，這令瑟西覺得不舒服。但筆記是安琪拉親筆所寫，是重要的遺物，瑟西希望能把它們留在自己身邊。

萊爾德表示理解，他拿出手機，打算把每一頁筆記都照下來，方便將來再研究。

萊爾德拍照時，瑟西一直在回憶女兒米莎的種種異狀，最後她忍不住問萊爾德：「你跟我說實話，這種情況需不需要……驅魔？」

「妳說什麼？」

「你不是就為這個來的？」

萊爾德「噗」地一抖，把後面的大笑咬牙憋了回去。安琪拉剛去世沒多久，在她生前住過的病房裡爆笑好像不太禮貌。

列維站起來，說要出去一趟，很快就回來。萊爾德問他去做什麼，他說要去醫院外面抽支菸。

「你不抽菸的。」萊爾德說。

「你怎麼知道我不抽？」列維身上確實帶著菸和打火機，他還特意拿出菸盒晃了晃，「我只是不常抽而已。」

萊爾德說：「因為你嘴裡很乾淨，從來沒有菸味。」

列維轉身就走，把菸盒都捏皺了。

萊爾德笑嘻嘻地轉回頭，繼續翻閱筆記本，並不介意瑟西向他投來的微妙目光。

列維一路來到警衛室，在外面來回漫步。沒多久，一位滿頭灰髮的老警衛走出來，對他使了個眼色，帶他向矮樓後面走去。

後面有個小型兒童樂園。警衛說是五年前建的。紅櫟療養院今非昔比了，過去這裡叫蓋拉湖精神疾病療養中心，那時這裡沒有活動室，沒有雜貨店，沒有便利設施，缺乏專業人才，也缺乏內外科醫生，人們把病患送來根本不是為了治療，只是為了囚禁。現在醫院的性質變了，這裡主要收治失能老人和智力缺陷的兒童，接收精神問題的患者時反而十分謹慎，有嚴格的限制。

「你是哪年來的？」列維把菸遞給警衛。

警衛擺擺手，指了指面前的兒童樂園。一個六七歲的男孩正在盪著鞦韆傻笑，他母親坐在旁邊的鞦韆上看手機。

「我都想不起來了，」老警衛說，「有幾十年了吧。」

列維問：「那你一定記得萊爾德．凱茨吧？」

「當然。他曾經是我們重點觀察的對象。」

「後來他是怎麼離開的？醫生覺得他痊癒了？還是被家人強行接走的？」

警衛想了想，「不是他父母接的，是別的親人。他看起來確實是痊癒了，但我猜並沒有。他只是學乖了而已。」

「住院期間，有導師來看過他嗎？」

「來過兩個人。不過，我聽說他的研究價值並不高。他在第一次目擊時太小了，那麼小的孩子只能記得一些意象、一些畫面，而這些東西都會隨著長大而被別的記憶扭曲、淡化。他提供不了什麼有價值的線索。」

列維問：「那第二次目擊呢？他被送醫之前，十歲的那次。」

「他什麼都沒看清，只是單純地因為恐懼而做出了一系列行為。」

列維剛想說什麼，兒童樂園裡那個男孩哭了起來。剛才他爬到溜滑梯上，打算直接往下跳，他母親急忙過去拉住他，他卻蠻不講理地大哭起來，完全不知道是母親讓他避開了一次危險。

列維說：「我聽導師說，大部分目擊者都無法提供有價值的線索。」

警衛說：「是的。萊爾德．凱茨這樣的案例本該很有價值，但他被那經歷傷害得太深，而且傷害發生在幼童時期，這導致他反而無法成為很好的觀察者。」

「後來呢?他出院之後,還有別的導師繼續追蹤他的情況嗎?」

「這我就不太清楚了。我猜是沒有吧?他出院之前,導師們已經不對他抱太大希望了,後來他被親戚帶去別的州,我們在那邊的人手也不太夠。」

列維想了想,問:「你看到今天和我一起來的那個人了嗎?」

「那個年輕的神父?」警衛問,「他怎麼了?」

原來你不知道那就是萊爾德……列維說:「他倒沒什麼。他是安琪拉.努尼奧的女兒請來的。我先接觸了他,然後才被帶到這裡……為什麼之前沒人告訴我安琪拉.努尼奧的事情?」

「努尼奧一直由別人負責觀察。」

「努尼奧的目擊情況從很多年前就開始了,松鼠鎮失蹤案則是近期發生的。我在調查後者時,為什麼沒人和我對接關於前者的線索?」

老警衛聳聳肩,「我無法回答這個。我只是個信使,又不是導師。」

「算了,不說這個了。」列維把手從口袋裡拿出來,掌心放著安琪拉留下的鍊墜,「你照一下它,照片傳給導師。」

鍊墜有拇指指甲大小,本來是銀質,現在已經因汙損和歲月而發黑。墜子是鏤空雕刻的，外環是線條纖細的六芒星，內環是銜尾蛇，銜尾蛇圈起來的圓形中是希伯來文字母 Alef，字母筆劃與蛇身相連。六芒星的其中一角上連著珠鍊，鍊子斷掉了，只殘留下半指長的一小截。

警衛依言用手機拍下了照片。「這是誰的？」

列維收起鍊墜，「我也想知道是誰的。也許導師之中有人知道。」

「嗯。信使和獵犬都不戴這個，只有導師……」

「是的，只有導師戴。」

列維沒有說它的由來。如果他不說，按照規矩，「信使」也不能強行追問。之前也有別人接觸過安琪拉，但安琪拉從未把這吊墜公開示人，現在她死了，她就無法再親自保護它了。也許這吊墜十分重要。

列維也說不清為什麼要對信使有所保留，他只是下意識就這麼做了。把重要證據握在自己手裡的感覺比較好。

老警衛又和列維聊了幾分鐘，聊到現在的工作，還有當年患者萊爾德的一些瑣事，沒再提安琪拉和鍊墜。

不久後，護理人員來帶著鞦韆旁的母子離開了，老警衛跟著他們走了一段，也回到了自己的工作區域。列維留在原地，點了根菸，只是夾在手上，沒有抽。

等列維回到病房的時候，萊爾德站在樓道裡，捧著瑟西讓他帶走的兩個鐵盒。瑟西已經離開了，現在病房裡只有兩名來換寢具的護理人員。

萊爾德走向列維，故意吸了吸氣：「親愛的你終於回來了，你到底抽了幾根菸？要是菸癮這麼大，以後還是別忍了，就在我面前抽吧，我不介意。」

「你就讓她這麼走了？」列維左右看看，走向樓梯，「她的車子是什麼樣的？」

萊爾德跟上去，「算了吧，她離開好一會了，車肯定已經開走了。我能怎麼辦，難道我要用身體阻止她嗎？」

列維說：「我們得見見那個叫米莎的小女孩。」

萊爾德說：「是的，但我們不能直接去，因為我們是兩個形跡可疑的無業男子……」

「只有你是。」

「你也是。先聽我說完……我和瑟西說好了，明天去她家登門拜訪。他們住在聖卡德市，不遠，如果從蓋拉湖出發，比松鼠鎮還近一些。」

「我們就這麼直接去？」

「不，明天是小米莎的生日。」萊爾德說著，搖了搖頭，「今天外祖母去世，明天她過生日……這事怎麼想怎麼尷尬。瑟西肯定沒什麼心情辦派對，但他們之前已經準備了生日派對，還為米莎邀請了幾個同齡小孩，現在如果告訴米莎『妳外祖母死了，我們取消派對』……她又怕給孩子造成陰影。所以瑟西打算明天照常開生日派對，弄個簡單點的家庭聚餐，先不把安琪拉的事告訴米莎，等到正式葬禮再好好和她說。」

兩人離開療養院，又走上那條通向停車場的蜿蜒小路。

列維問：「那我們算什麼客人？既然是小朋友的簡單聚餐，他們請兩個可疑男子去做什麼？」

萊爾德問：「你有相機嗎？」

「你要幹什麼？」

「你經常冒充節目製作人員，總應該有攝影機或者單眼相機什麼的吧？」

列維說：「你想拍攝『門』出現的畫面嗎？這很難。在各地的目擊事件中，通常攝影器材都拍不到它……」

「不是，我想讓你拍小朋友。」萊爾德朝列維身上的攝影背心努努嘴，「這是米莎開始上學後的第一個生日，挺重要的。所以，你是一個專業攝影師，瑟西雇你在派對上為小朋友們拍一些專業且珍貴的照片……不然瑟西都不知道要用什麼理由邀請我們。」

「那你呢？小朋友過生日可不需要靈媒或者神父。」

「我再想想……」說著，萊爾德的腳步漸漸慢了下來。

他站在小路盡頭，能隱約看到樹木掩蔭著的停車場，回頭望去，高處的療養院建築已經消失在視野中。

列維也隨著他回頭，「怎麼了？」

「沒什麼……」萊爾德感嘆道，「只是突然覺得，這條路真是既熟悉又陌生……我竟然自己走出來了。」

列維聽得一頭霧水，「走出醫院？你不是早就出來了嗎。」

萊爾德搖搖頭，走向車子，「哦……上次是被抬出來的。」

列維沒問他為什麼被抬出來，萊爾德自己緊接著說：「出院前我摔傷了，被轉到別的地方治療，然後就沒有再回來。」

這話看似主動陳述，其實卻分明是不想細說的意思。列維沒有繼續問，因為他早就知道當時的情形了。是老警衛告訴他的。

剛入院時的萊爾德十分暴躁，不配合任何治療，住院幾年之後，他逐漸變回了溫和禮貌的孩子。他仍然有幻覺、幻聽、神經衰弱、驚厥發作之類的症狀，但從沒做出自殘或傷害別人的行為，所以院方也不怎麼防範他。

十五歲的某天，萊爾德不知怎麼跑進了位於五樓的工具間，從未加護欄的小方窗鑽了出去，直接跳向地面。他沒死，只是受傷頗重，必須轉去綜合醫院治療。轉院後，醫生聯繫了他的家屬，他父親當時人在國外，於是他遠在另一州的外祖母連夜趕了過來。在萊爾德治療期間，祖母和醫院交涉，院方同意他出院並給與一些賠償，祖母也同意不繼續追究他們的責任。

從那以後，老警衛沒有再見過萊爾德。他猜想說，萊爾德應該不是想尋死，只是想受重傷而已。在萊爾德跳樓前幾星期，有個老年病人在浴室裡不慎摔傷，於是半年沒來過的家屬都來探望他了。

這麼幹挺幼稚的，很可能會一不小心賠上命，但萊爾德這樣的孩子考慮不了太多。他失去了母親，幾乎沒有父親，又沒受過什麼像樣的教育，即使長到十五歲，他也還不懂什麼叫理智。

列維發動車子，打算到蓋拉湖度假區附近去找旅館。

偶爾用餘光看到身邊的萊爾德時，他忍不住想：一個可憐的孩子經過多年成長，現在怎麼變得如此油嘴滑舌、惹人討厭？

大約兩年前的一天，列維．卡拉澤正在圖書館裡查閱舊報紙。

工作人員突然輕聲靠近他，把他叫到了一間沒什麼人的閱覽室。這名工作人員是個信使，就像後來列維接觸的那個老警衛一樣。

信使表示，列維的行為觸發了審核警報。這間圖書館收藏著整套《奧祕與記憶》系列雜誌，從創刊至停刊的每一期刊物都完整留存，如果有人試圖查閱一九八九年的十月號刊物，館內的信使與獵犬會立刻警覺起來，並對其展開調查。

列維．卡拉澤也是一名獵犬，所以信使乾脆直接與他溝通。列維誠實地說明了目的，信使詢問了他的姓名與編號，對他拍照取證，花幾分鐘確認了他的身分，同意他繼續自由閱覽。

他要查閱一篇舊報導，內容是深度分析一九八五年三月三十日的辛朋鎮居民失蹤事件。

此事留下的資料較少，至今為止，保存完好且較有價值的刊物僅有《奧祕與記憶》的一九八九年十月刊，該刊物在公共領域內沒有任何電子版本流傳。

一九八五年三月初，辛朋鎮的一名捕鼠人在一段廢棄地下隧道中失蹤。該隧道是禁酒令時期留下的，內部錯綜複雜，可以通向附近的大城市，也可以通向山區已被填埋的未知地下區域。警方在事發隧道內發現了一些意義不明的塗鴉，看起來是未知語言的字母，與一些頗為複雜的幾何圖案。

此事尚未有定論，時隔半個月，辛朋鎮內又發生了一起失蹤案。四名青年在夜晚離開公寓，沿著建築正前方的道路行走，打算前往兩條街外的遊戲中心，走到一半時，四人一起消失在了路上。

事情發生時，其中一人的母親幾乎目擊到了全程。她站在公寓窗邊，可以遠望整條道路。路上燈火比較昏暗，她無法看清街道上的細節，但能夠隱約看到四人的身影。四人走到街道中段，停下了腳步，似乎在商量著什麼，稍一晃神，他們的身影就直接消失了，就像原地蒸發一樣消失了。

因為光線問題，那位母親無法看清街上是否有危險物品，也不能絕對確定她所看到的四條影子就是失蹤的四人。警察調查時，再次在街道上發現了不明塗鴉，其風格與隧道內的塗鴉高度一致。由於字元與圖案十分繁雜，短時間內無法完成對比。

接下來的幾天，辛朋鎮上的人員開始連續大量失蹤。幾名當地警官前往隧道再次調查，就此失聯。數名居民陸續在小鎮內失蹤，而且無法確定事發的具體時間地點。

很多人就只是出門上班、上學、前往郵局……然後就一去不回了。他們的親屬報案後，警方與其聯繫確認，結果那些親屬也陸續失蹤了。

鎮上大概出現了一個吞噬活人的幽靈，或者透明的流沙陷阱。小鎮居民飛速減少，連從外地趕來的警探也與上司失去了聯繫。

同年三月三十日，兩名聯邦探員來到辛朋鎮。他們震驚地發現，這裡幾乎已經是一座空城了。一切發生得悄無聲息。這裡沒有任何自然災害、動物襲擊、暴力犯罪之類的跡象。

不過，其實也並不是「所有的」居民都消失了。事件中有十三名倖存者，他們分別是：

一、羅伯特一家五人。在最初的警員失蹤案發生後，他們全家驅車離開辛朋鎮。據說羅伯特先生是個陰謀論者，一直堅定相信著電波意識控制和外星人劫持案。離開小鎮後，他還在自家門上貼了一張針對此事的事件分析，文章大意是「幕後黑手與外星人接觸並達成協議，犧牲偏遠小鎮，讓居民成為外星實驗品」之類。

二、捕鼠人懷特。整個三月間，他一直在頻繁探索廢棄隧道，發現了許多從未標示過的隧道分支，最遠探索到了附近山脈的另一端。嚴格來說，他不算長時間待在小鎮範圍內。雖然他對失蹤案的調查進展毫無幫助，但至少沒有像同事一樣因此失蹤。

三、泰勒女士。她八十二歲，癱瘓多年，被發現時躺在自家臥室中，已經奄奄一息，其子女均已失蹤。泰勒女士並非嚴格意義上的倖存者，三十日當天，她在等待醫療幫助的過程中不幸死亡。

四、詹森女士。即目擊深夜失蹤案的那位女士。其子出事後，她被邀請到妹妹家去暫住，於三月中旬離開了辛朋鎮。

五、馬丁夫婦。三月二十一日，馬丁夫人因恐懼而堅決離開了小鎮，三月二十二日，馬丁先生外出尋找妻子，後來兩人一直住在妻子的母親家。

六、威爾斯先生。他年近八十，一直在鎮內徘徊，試圖尋找家人，精神明顯失常。據說他的妻子最先在綜合商場內失蹤，他的子女、孫子女執著地搜尋親人，然後陸續在幾天內接連消失。

七、奧德曼女士。她六十六歲，喪偶後一直獨居，被發現時身體已極度虛弱。此前她一直在鎮內徘徊，試圖破壞、清理可見範圍內的一切塗鴉，甚至包括所有較為工整的人工繪製圖形，比如某些店鋪圖案，甚至是交通標誌。因為她的行為，有可能成為線索的字元全都受到了破壞，給後續調查造成了一定阻礙。

最後一名倖存者，是個出生僅四十幾天的男嬰。被發現時他已瀕臨死亡，所幸最終還是順利存活了下來。警方無法得知其家人失蹤的具體情形，但從其健康狀況推測，最後一名家人消失的時間應該在二至三天前。

辛朋鎮事件最終被定調為地質災害導致的地下有害氣體洩露。此地被列為禁區，具體地理座標被從記錄中抹去。貫穿失蹤案的奇怪塗鴉也沒有再被提起過。

事件一個月後，倖存者之一的威爾斯先生因病去世了。然後，又有兩名倖存者下落不明。一個是男嬰，任何人都查不到他的身分和家庭資訊，另一個則是不停破壞塗鴉的奧德曼女士。

《奧祕與記憶》雜誌在一九八九年十月刊上對此事件進行了詳細敘述與分析，詳細到了令人不安的程度。這本雜誌一向如此，他們有一批不要命的記者，這群人去過有食人族的海島、潛入過五十一區……這次他們大概是找到了願意接受訪問的倖存者，甚至還包括參與過調查的警員。

多年後，這本雜誌幾乎在市面上絕跡。由於此刊物本來就比較小眾，當年閱讀過並記得這篇專題的人也寥寥無幾。

今天是列維第一次閱讀這篇專題。他早就知道辛朋鎮事件，但又不是十分瞭解。學會從來沒有刻意隱瞞過他——他的故鄉就是辛朋鎮。他的出生證明上寫著，他叫列維．卡拉澤，生於一九八五年二月十七日，父母均是學會導師。從卡拉澤懂事之後，教官就誠實地告知他，他的家人已經都不在這個世界上了。

學會的資料庫裡沒有辛朋鎮事件的文字記載，教官也不做相關教學。列維只聽過相關簡述，卻不知道更多細節。

他是獵犬，獵犬和信使就是這樣的，雖然多知多懂，但只知道一點皮毛。即使他能見到資深獵犬，而且對方知無不言，恐怕能獲得的情報也十分有限。導師們肯定知道得更多，他們肯定比警方、比獵奇雜誌更瞭解那件事……但導師從不與獵犬直接接觸，這是學會的規則。

今天列維來讀這份專題，學會沒有阻止他。看來，導師們不介意讓他接觸這件事，或者……也許他們認為他應該知道。辛朋鎮事件是個長期的未解之謎。不僅是對公眾而言，對學會而言也是如此。而獵犬的職責，正是嗅探此類謎題。

快讀完時，列維抬起頭，發現閱覽室長桌的盡頭坐著一個熟悉的身影。那人也拿著一本《奧祕與記憶》，封面上是一艘停在港口的軍艦。

那人也抬頭看向列維，興奮地放下雜誌跑過來，「列維・卡拉澤！怎麼是你！」

來者正是「霍普金斯大師」。當年列維還不知道他叫萊爾德，所以通常稱他為「你」、「嘿」、「騙子」、「那個靈媒」等等。

「安靜點！」列維隨手合上雜誌，用另一本書擋住了它。

這間閱覽室受到信使的監視，一個讀者和一個圖書管理員正暗暗看著他們。列維自己倒無所謂，但他非常擔心這個靈媒會引起什麼不必要的麻煩。

「霍普金斯大師」回去拿起自己看的雜誌，坐到列維身邊，「你知道費城實驗吧？」

「知道。」列維瞄了一眼他手裡的雜誌。《奧祕與記憶》一九八三年九月刊。

靈媒用帶點小興奮的聲音說：「其實，愛爾德里奇號根本沒有到過諾福克港。」

「海軍也是這麼說的。」

「但它真的消失了一段時間，」靈媒壓低聲音，「這本老雜誌上有個專題，他們採訪到了當年經歷事件的科學工作者……據說，回來的船還是那艘船，但船上的生物並不是船員……而是一種具有船員的外皮的不明物質。外皮並非擬態，經過檢驗，那些是失蹤船員的皮膚，而它們的身體內部卻是一種未知類人猿生物的肉，至今都檢測不到完全匹配的DNA。也就是說，有某種力量把這種肉類絞碎，再給它穿上人皮，就像灌香腸……[4]」

列維打斷他，「你來這裡幹什麼？」

「看書啊，」靈媒說，「這系列雜誌在市面上絕版了，只有一些老圖書館還能找到，而且還很難找齊。我想看的幾期都很難找，據說全國範圍內只有這間圖書館能找到。對了，我一直懷疑費城實驗和『不協之門』有關。當然我們不能完全相信雜誌的說法，僅做參考吧……」

列維做出不耐煩的樣子，起身要去還書。圖書管理員正好推著小車走過他身邊，自然而然地接下了他手裡的三本雜誌。

4 費城實驗在網路上有很多相關的記（腦）載（洞），感興趣可以搜搜看。但是，後面那段關於「船員的皮裡被灌了不明肉糜」的說法，這並不是傳說的一部分，在都市傳說「費城實驗」的各類版本中，都並不包括這種事情，這個部分是作者虛構的。

還了書他就往外走，靈媒也連忙把雜誌遞給管理員，緊緊跟了上去。

「霍普金斯大師」說，他到這城市來不光是為了找圖書館，他真正的目的是調查一棟發生兒童失蹤案的廢屋。他帶了一大堆專業儀器，打算去廢屋過夜，還問列維要不要來。

列維不做聲地走在前面。其實他也不僅是為了找圖書館，他也正打算去拜訪那棟廢屋。廢屋周圍有警戒線，附近居民也不太友好，他打算晚上偷偷去，所以白天就來查別的事情了。

看起來像是巧合。

他與「霍普金斯大師」在圖書館偶遇，於是兩人一起調查……但列維總忍不住懷疑，也許這個靈媒知道他的行蹤，故意在盯他的梢。甚至，也許這個靈媒想找的根本不是關於費城實驗的專題……

但這一切都只是推測。圖書館有學會把關，如果「霍普金斯大師」有任何可疑意圖，學會肯定會立刻開始暗中調查他，並且通知列維提高警惕。事實是，這個靈媒沒做過任何越線的事情，他就只是一個興趣有點怪的普通讀者。

幾天過去，等到廢屋的事情被完美解決之後（其實根本談不上解決，它完全是一場誤會），列維特意再次回到圖書館，調查了《奧祕與記憶》一九八三年九月刊的情況。這期刊物也是近乎絕版，也沒有網路存檔，只有兩間圖書館還有收藏它的實體書，其中一家位於聖達戈的圖書館最近暫時閉館了。

不僅如此，當天「霍普金斯大師」查閱的其他幾本書也都是孤本，別處找不著，只能在這裡讀到，而且全都不可外借。也就是說，他確實是只能來這家圖書館，而且確實需要長時間耗在館內。這幾乎消除了他故意在此蹲守的嫌疑。

列維無法下定論，到底是自己太多疑，還是那個小騙子做得滴水不漏。

SEEK NO EVIL

CHAPTER FOUR

【之外之內】

今時今日，列維依然經常懷疑自己被長期監視著。比如，萊爾德和療養院、和瑟西提前打過招呼，說要在五月二十三日下午去探望安琪拉。他先回了家、見到了異母弟弟傑瑞，然後下午再去療養院。可是他沒開車，他是坐火車回到松鼠鎮的。如果不開車，他就很難在當天下午到達蓋拉湖畔的療養院。

他和家人的關係不好，在鎮上沒什麼熟人，他父親和繼母不在國內，弟弟沒有駕照，鎮上很難攔到計程車，而且也沒有開往蓋拉湖的巴士……如果不是遇上了列維，他原本打算怎麼過去？

列維忍不住懷疑，也許萊爾德早就知道弟弟在這一天邀請了「節目組人員」到家裡，而且他早就知道這個人是列維……所以他特意選在這一天回家。

萊爾德根本不是什麼靈媒，說不定他知道學會的存在……可一切都只是猜測，列維毫無證據。仔細想想，其實他們兩個都隱約知道對方身分特殊，並且都選擇保留懷疑，心照不宣，可以出言試探，但不刨根問底。

現在他們也是這樣相處的。

找到落腳的汽車旅館後，兩人住進一間雙床房。列維坐在床頭調試相機，萊爾德則在手提箱裡翻來翻去……列維留意了一下，發現萊爾德竟然帶了槍。世上哪有靈媒帶槍的道理。

萊爾德發現列維在看自己，連忙說：「如果我說這把槍是驅魔用的，裡面是銀彈，你會相信我嗎？」

列維斜了他一眼，「怎麼，不是鹽彈嗎？」

「鹽彈是打幽靈的。」

「那銀彈就是打變形怪和狼人的，不是驅魔的。」

「那驅魔呢？」萊爾德問。

「念咒語，或者用一種很特殊的槍，或者特殊的刀。」

說完，兩人對視一眼，沉默片刻。

萊爾德一手扶額，「你這些知識……是從電視劇裡學的嗎？」

列維說：「很顯然，你也是從電視劇裡學的。[5]」

「好吧，我承認不是銀彈，」萊爾德一邊說，一邊把不該露出來的東西都扣回了手提箱裡，「別擔心，我受過訓練，有證件的，那東西只是防身用。」

列維笑了笑，並不在意。他只是吃驚於靈媒帶槍，而不是槍這東西本身……畢竟

5 兩人說的是美劇《超自然檔案》（Supernatural）（作者更喜歡叫它《神奇的大自然》）。

他也帶了。

晚飯時，萊爾德說要單獨出去一趟。列維十分樂意如此，反正他也不想和萊爾德兩個人肉麻兮兮地共進晚餐。列維隨便找了點吃的，去車裡挑了一套更像攝影師會穿的衣服，然後回到房間繼續研究往日的各種案例。

沒多久，萊爾德也回來了，還帶回了一套花花綠綠的玩具。塑膠盒裡包著時尚的金髮公主，還有她的梳粧檯、小茶具、晚禮服和提包。

萊爾德說：「你是『派對攝影師』，不用帶禮物給小孩，而我是普通客人，得送生日禮物給小朋友。」

列維問他要以什麼身分做客。萊爾德說：「我是一名兒童心理專家，受邀以普通客人的身分去看看瑟西的女兒。這孩子有時候怪怪的，而且她比較抗拒去醫院就診。其實是瑟西她丈夫邀請『我』的，他早就聯繫了聖卡德市的相關機構，只是還沒正式和特定的醫生談過。」

列維上下打量了他一下，「你哪裡像兒童心理專家……還有，你怎麼能在這麼短的時間裡安排好一切？你不怕被揭穿嗎？」

「不會被揭穿的，」萊爾德說，「我認識那個機構的人，你知道，世上古古怪怪的小孩很多，有時候確實會發生一些科學解釋不了的事。我作為靈媒幫助過他們，他們也信任我，願意配合我做一些事。」

列維嗤笑，「得了吧，根本說不通。世上哪有這麼智障的醫療機構。」

萊爾德聳聳肩，「反正我有我的辦法。」

他坐下來，自己為禮物包上禮品包裝紙。也不知他是從哪買的娃娃，店家竟然不協助包裝。

列維不再詢問他假身分的來源。這方面他們彼此都很有分寸。不過，列維仍然覺得他有被揭穿的風險，「作為醫學方面的專家，你看起來實在太年輕了。」

萊爾德扔給他一張新名片，「我是凱茨醫生，在那家機構工作十年了，今年才調到聖卡德市。哦，還有一些是名片上沒有的資訊，我不是二十五歲，而是三十五歲，我自己有兩個孩子，一個四歲，一個還在哺乳期，我妻子是全職主婦。我確實看起來非常年輕，這一點會在職場上被輕視，但反而讓我比較受小朋友歡迎。他們覺得我是個大哥哥，而且是長得帥的那種大哥哥，大哥哥比叔叔阿姨更懂他們，而且各方面都比叔叔阿姨們酷一些。」

列維撇著嘴點點頭。好吧，反正這個騙子在精神病院住過，可能他半桶水的專業知識確實能騙一騙普通人。

說完之後，萊爾德走到列維面前，表情十分鄭重，「列維，我需要你的幫助。」

「什麼事？」列維不自覺地坐直了身體。

「借我點衣服穿。」

「什麼？」

「我的行李少，只帶了點內衣，」萊爾德說，「我想換點正常的衣服。我們是臨時決定訪問小朋友的，所以我沒準備那麼多替換衣物。」

原來你也知道你穿得不正常啊！列維起身，帶上車鑰匙，「衣服在車裡，我去拿。你想穿什麼？」

「我還能挑嗎？」萊爾德雙眼閃亮，「我和你一起去，我自己挑！」

「不。你別跟來，我不想讓你翻我的東西。我的意思是，你是想穿休閒一點的，還是正裝什麼的？」

萊爾德想了想，「休閒點的吧……正裝太死板了，而且也容易不合身。也別過於休閒，不要運動衣，不要帶有明顯商標的，不要格子襯衫，條紋襯衫也不要……」

「你怎麼這麼多事？」

「好吧好吧，你挑適合我的就好。對了，不用幫我拿褲子，我穿自己的就可以了。」

列維開門出去時，萊爾德還在房裡高聲補充：「不要橘色和粉色！」

沒多久，列維拿回幾件上衣。他推開門，萊爾德不在房裡，神父黑長袍搭在床上，浴室裡傳出窸窸窣窣的聲音。

列維直接去推開浴室門，「你看要哪件……」

他還沒說完，浴室裡「淅瀝嘩啦」一陣亂響，萊爾德兩步就從盥洗臺前跳到了浴缸裡，還飛速拉上了浴簾。

完成這一套流暢的動作後，萊爾德說：「你動作很快嘛。我說，你進來之前就不能敲一下門？」

「你才是動作很快。」列維揮了揮手裡的衣服，「至於這樣嗎？你是雙性人還是外星人？你在換皮嗎？」

浴簾是半透明的磨砂灰色。從朦朧的身影來看，萊爾德脫掉了上衣，褲子還穿得好好的。

萊爾德從浴簾後探出頭，「我當然不是雙性人或者外星人。只不過，我童年不幸福，心理不健康，精神比較脆弱，所以奇怪的毛病也特別多。」

列維無奈地搖搖頭，「我把衣服放在洗手臺邊了，你自己選吧。」

關上浴室的門之後，列維不禁思索，萊爾德到底是在害怕什麼？是單純地怕有人突然出現，還是怕被人看到身上有什麼痕跡？如果他這麼敏感、這麼排斥與人近距離接觸，他又何必總是賴著別人一起行動？還有……他花一個下午的時間就能搞來一個假身分，就算往最單純的可能性想，起碼也說明他在聖卡德市有關係可靠的人脈……既然如此，他又何必非要住在這裡？

浴室傳來水聲之後，列維輕輕走到萊爾德的床邊，蹲下來，看著他的銀色手提箱。手提箱沒上鎖，好像在申明自己光明正大，絕無機密。

列維看了片刻就離開了，沒去碰它。

五月二十三日傍晚，傑瑞的父親回家了。他帶的行李不多，顯然很快又要離開。他開車帶傑瑞去了隔壁城市，找了家不錯的義大利餐廳。

整個晚餐期間，他一直在拚命找話題，比如南美的工廠、稅務上的麻煩、對東南亞市場的展望、如何培養成熟商業思維等等……傑瑞能聽懂每個單詞，但連在一起就是無聊透頂的天書。

傑瑞更希望是媽媽回來一趟。和她聊天也很無趣，她會不停地問學校的事情……但至少她會像個「媽媽」。比如，見面時擁抱一下孩子，露出一點擔憂痛心的表情什麼的……傑瑞不知道自己這樣是否正常，其實他一個人時並不害怕，但他又希望看到父母為此擔心，然後自己再一臉無所謂的樣子說沒什麼。

現在雖然父親回來了，但他迂迴扭曲的願望卻沒有實現。

回家的路上，凱茨先生開著車，突然問：「我聽說萊爾德回來了？」

「你怎麼知道？」傑瑞從手機螢幕上抬起頭。

「停車時鄰居說的。她看到他了。」

「嗯，他待了幾分鐘就走了。」

凱茨先生嘆口氣，沉默了好一會，又問：「你沒有留他多待一下？」

傑瑞不解地看著父親，「這……他以前一向是回來看看就走啊。」

父親沒再說什麼，又嘆著氣搖了搖頭。

傑瑞搞不懂父親到底是個什麼意思。萊爾德說不想留下，父親也明確說過不希望萊爾德留下，反倒是傑瑞對這事無所謂，他對萊爾德不喜歡也不討厭。今天下午，他複述父親的某些話，也是因為父親確實這樣說過。

現在看父親欲言又止的樣子，倒像有點想見萊爾德的意思。傑瑞不悅地想，難道反而是我阻止了一場感人的親情聚會？

他也沒再說話，一路上都低著頭玩手機。

回家之後，凱茨先生在餐桌邊打開筆電，傑瑞回到樓上的房間裡。週六的家裡安安靜靜。

傑瑞躺在床上，滑開平板，點開平時喜歡的短片APP，找到那種看起來最不費腦力的滑稽失敗合集。其中一段是一個父親開著車，兒子坐在副駕駛座唱著走了調、錯了詞的歌，母親在後座偷偷笑著拍下影片……

傑瑞有點走神，都沒怎麼看清下一段。他想起剛才自己和父親在車裡的模樣……他們更像乘客和計程車司機。甚至計程車司機都會更活潑點。

如果父親沒和前妻離婚，那個叫柔伊的女人沒死，萊爾德也沒有出過事，不知他們一家三口的相處模式會是什麼樣子？

是也會變成乘客和司機，還是像影片裡的家庭那樣說說笑笑？

傑瑞又想到，不知父親在想起萊爾德的時候，在對他感到愧疚的時候……心裡是不是也會浮起這些「如果」。

這時，螢幕上閃出一條新訊息，是肖恩。

肖恩問：**你沒事吧？**

傑瑞感到莫名其妙，搞不懂肖恩到底想問什麼。他回覆：**你覺得我會有什麼事？**

肖恩秒回：**我在外面，打開窗戶讓我進去。**

傑瑞翻身起來，爬上書桌，拉開窗戶，肖恩就在樓下。他們從小學起就這樣。從一樓的窗臺到門廊頂棚，再到傑瑞的窗戶，這條攀爬路線對肖恩來說如履平地。

肖恩順利爬進房間，盤腿坐在地毯上，有點緊張地到處看了看，又開始打量傑瑞。

「怎麼了？」傑瑞也坐下來。

肖恩脫下連帽上衣的兜帽，放鬆了一些，「晚上七點多的時候，我來過你這一次，你不在家對吧？」

「對，我爸開車帶我出去了。怎麼了？」

「我擔心你出事，就在附近多晃了一下。我從窗戶看到你爸的行李，又看到你們家的車不在，這才想到你們應該是出門了……」

傑瑞笑起來，「怎麼，你以為我被奇怪的門吞掉了？」

肖恩沒回應這句話，而是繼續說：「然後我就想離開，這時我又聽見……」

傑瑞看著他，等待下文。

肖恩說：「你們家當時沒人，對吧？但我聽見裡面有聲音。就類似上午我說聽見的那種聲音……挺雜亂的，不太好形容是什麼。」

「在……大概哪裡？」傑瑞問。

「很難說。一開始我覺得是房子後面，但好像又不是，像是屋內，又像在離我很近的牆壁上……」

肖恩說著，捏了捏眉頭。上午萊爾德勸他盡量少來這棟房子，以防被奇怪的事情牽連得更深，當時他聽進去了，可後來還是不知不覺就晃到了這裡。

聽完肖恩的話，傑瑞抱膝思索了起來。

「給你哥哥打個電話吧。」肖恩提議道。

傑瑞說：「不行。我不想叫他回來……我的意思是，他也幫不上什麼，他自稱是靈媒，但感官好像還沒你靈敏呢。」

「好歹他們是專業人士？那個《深度探祕》的人也不簡單。」

「我們不如晚點聯繫他們，」傑瑞想著想著，臉上又浮現出笑意，「你看，我家裝了監視器……哦別擔心，你爬上來的地方沒有，監視器主要都在室內，沒事。那場派對之後，我們又多裝了一些，兩間廁所外面還有儲藏室那邊都能拍到。如果你真的又聽到動靜了，說不定監視器也拍到了有趣的東西呢？說不定那些現象還會繼續出現，就在今晚或者明天……明天我們好好檢查一下錄影，如果能拍到有價值的東西，我就又多了一份和《深度探祕》交涉的籌碼。」

肖恩無力地垂下頭，「你真樂觀……」

「樂觀是好事，而且我很勇敢。」傑瑞得意地昂著頭。

肖恩想了想，說：「我今晚能住你這嗎？」

「為什麼？你怕我失蹤？」

肖恩聳聳肩，「不為什麼，以前又不是沒住過。反正今天我媽值班，明天才會回家。」說完，他起身從書櫃裡抽出一本漫畫，熟練地向後倒回傑瑞的床上。

傑瑞看了肖恩一眼，笑著拿起平板，繼續看剛才的影片。

他突然想起很多年前的一天。那時他大概五年級，父母第一次在晚上雙雙外出，要到次日下午才會回家。樓下客廳有個二十歲出頭的臨時保母，傑瑞對她說，妳就幹自己的事吧，不要理我，我一點也不需要妳。

天黑之後，傑瑞亮著房間的燈，把自己裹在被窩裡。沒過多久，比他大兩歲的肖恩偷偷爬進窗戶，陪他打了一夜遊戲。

天濛濛亮的時候，肖恩被尿意憋醒。他跨過睡在床外側的傑瑞，穿上一件傑瑞的恐龍造型居家服，輕手輕腳地開門走出去。

聽說凱茨家的監視器又增多了，能拍到二樓的廁所門外。肖恩不希望凱茨先生在查看錄影時產生誤解，所以特意披上傑瑞的居家服，而且是帽子能蓋住頭的那種。他比傑瑞高大，於是還特意微微屈膝走路。

肖恩來過凱茨家很多次，光明正大地來或者翻窗來都有，他已經對凱茨家的格局十分熟悉，很快就找到了二樓的衛浴間。他剛方便完，還沒來得及沖水，走廊上就傳來了腳步聲。

肖恩聽得出來，那不是傑瑞的腳步，恐怕是凱茨先生醒了。他左右看看，決定躲到左手邊的淋浴間裡。

淋浴間和外面之間有一道磨砂玻璃牆。如果燈光太明亮，恐怕這裡也躲不了人，但洗手臺邊和馬桶附近都有小夜燈，足夠照亮那一塊區域。大概凱茨家的人不喜歡在半夜上廁所時開頂燈。但願凱茨先生上個廁所就走，千萬別開燈。

衛浴間頂燈的開關在走廊裡。凱茨先生還沒推門就打開了燈。肖恩暗叫不妙，立刻四下觀望，借著燈光，他發現淋浴間裡還有一間房間，門是木條緊緊拼成的，像是蒸氣房。

聽到轉動門把的聲音時，肖恩當機立斷打開木門，躲進了蒸氣房。裡面黑漆漆的，氤氳著溼氣。肖恩貼近門邊，靜靜聽著外面的動靜。

看來凱茨先生不是起來上廁所，他已經徹底醒了，是來洗漱的。他上了廁所，洗了臉刷了牙，開始刮鬍子。

肖恩正發愁時，聽到了傑瑞的聲音。傑瑞直接推門進來衛浴間，用迷迷糊糊的聲音說自己要大便、要洗澡，硬是把父親趕去了樓下的衛浴間。

凱茨先生沒說什麼，收拾一下東西就走了。聽到他下樓的聲音後，傑瑞反鎖上門，小聲問：「肖恩！你在嗎……」

「你怎麼知道我在這？」肖恩鬆了一口氣。

「我醒來發現你不見了，又聽見這邊有水聲，走過來一看竟然是我爸在洗漱……我突然就覺得，也許你藏在浴缸裡……」

傑瑞走向浴缸。浴缸緊靠著淋浴間，和盥洗臺區域有浴簾隔開。他拉開簾子，「咦」了一聲。肖恩當然不在這裡。

「我不在浴缸裡，」肖恩把門推開一條縫，「我在蒸氣房。」

「蒸氣房？」傑瑞望向淋浴間。淋浴間裡並沒有人影。

他拉開淋浴間的玻璃門時，無奈地嘟囔著：「我家沒有蒸氣房啊……」

這句話讓肖恩渾身一凜，血都發涼了。

他就站在虛掩的木門邊。

與此同時，傑瑞也走進磨砂門，震驚地看著眼前的景象。

現在燈光大亮。淋浴間的平整瓷磚牆上嵌著一扇突兀的木門，木門沒有上漆也沒有太多修整，看起來應該屬於古老的鄉村小屋。

肖恩來過傑瑞家很多次，但從沒進過淋浴間。剛才他看到這扇門，也隱約覺得它與周圍環境格格不入，然後飛速找到了一個合理的解釋，認為它是蒸氣房。

傑瑞愣在原地，看著半個身體在門裡的肖恩。肖恩也望著他，吞了口唾沫，這才感覺到背後吹來陣陣冷風。

他僵硬地慢慢回頭。

門內一片漆黑，浴室的燈光只能照到他腳下幾步遠。他看不出來這個空間到底有多大，也不敢退進去探索。

回過頭時，他看到傑瑞舉著手機。

「你幹什麼？」肖恩連忙走出來。腳離開木門以內的範圍時，他感覺身上輕鬆了很多。

傑瑞舉著手機慢慢靠近，「我去拍一下……天哪，這太難得了……」

他聲音都發抖了，也不知道是興奮還是害怕。肖恩按住他的肩膀，「不能進去，你想想羅伊和艾希莉。」

「我不進去，但……」傑瑞先拍下來了浴室的牆壁和門，又走到門前，把手機探進去。螢幕上漆黑一片，什麼都拍不出來。

傑瑞又向前走了幾步。肖恩站在門外，靠在瓷磚上，一手拉著他的後領，生怕他太激動直接跑進去。

嚴格來說，傑瑞也算是進入了那扇門。和剛才的肖恩一樣，他只是雙足踏入門扉之內，沒有向裡走。

傑瑞打開手機的手電筒，試著照亮眼前的地面。手機的手電筒照明範圍有限，光線可及之處一片空曠，門內的土地好像是門外的延伸，地磚的樣式和他家浴室一模一樣。

要切回錄影模式就得關掉手電筒。攝影介面再次出現的瞬間，黑暗的螢幕上出現了一個很小的白色方框。

人臉識別。

傑瑞慘叫一聲，差點丟下手機。在他叫的時候，肖恩已經用力把他拽了回來。肖恩一手抓著傑瑞，一手飛快關上門。兩人縮著肩膀，屏住呼吸，與陌生的木門靜靜對峙著。傑瑞的手機還在錄影。

過了片刻，肖恩輕聲問：「這東西過多久才會消失？」

「不知道……」傑瑞稍微平靜了點，拉著肖恩向後退，「我想……我們先出去……也許不看它的時候它就消失了……反正我拍下來了，我把它拍下來了……」

兩人退出淋浴間。傑瑞打開衛浴間的門，左右看看，外面安安靜靜的，他父親應該還在樓下。

這時候，肖恩回身看了一眼，「嘿！它不見了……」

傑瑞也迅速回頭。在他們的注意力稍微轉移之後，木門完全消失了，浴室的瓷磚牆光潔如昔。

「我們是不是可以聯繫那個電視臺的人了？」肖恩提議道。

傑瑞點點頭。他找到列維的號碼，正要點撥號，卻發現螢幕上顯示沒有訊號。他試著撥了一下電話，果然打不出去。

沒有通信訊號，也沒有無線網路。傑瑞大感奇怪，捧著手機走回房間，讓肖恩去拿他的手機試試看。

推開臥室門的瞬間，傑瑞不但沒有走進去，還向後退了兩步。

「你怎麼了？」肖恩跟在稍後面一點，兩步就趕了上去。

當看到傑瑞房門內的景象時，肖恩的嘴巴維持在說完話的狀態，久久沒有合上。

門內是一間臥室。但它不是傑瑞的房間。房間很小，一眼就能望到底。地板是淺木色，門正對面的牆邊放著小木床，右手的牆邊是半開的衣櫃，左邊牆上是窗戶，窗臺上擺著一只沒有植物的花盆，旁邊垂著淺藍色窗簾。房間裡散落著一些雜物，有洩了氣的皮球、樂高玩具、破破爛爛的舊漫畫書和碎掉的相框，就像是屋主搬走後一直無人清理。

就算排除擺設，傑瑞的房間與這裡的格局也不一樣。傑瑞的窗戶應該在房門正對面，房間是個長方形，而不是這種小小的正方。其實這房間的格局更像肖恩的房間，但肖恩的房間可沒有這麼破舊。

更奇怪的是，此時窗外陽光極好，照得小屋裡連灰塵都分毫畢現，可是在傑瑞和肖恩的時間概念中，現在天應該還沒完全亮起來。

兩人想回衛浴間看看它是否維持原樣，回去之後，他們驚訝地發現，幾步之隔的衛浴間竟然消失了。

他們走出來還沒有兩分鐘，它就完全消失了。走廊還是原來的走廊，壁紙的顏色和地板都沒有變化，但牆上根本沒有衛浴間的門，整條走廊變得既熟悉又陌生。

兩人傻站了起碼有一分鐘，傑瑞突然渾身一抖，「我爸還在一樓呢！」

他跑向樓梯，剛下了幾階，又停住了腳步。

「肖恩……肖恩……」他盯著下面，一隻手顫抖著伸向身後，想抓住肖恩。

於是肖恩就走過去，讓他抓住，並探身望向客廳。

下面是一間陌生的空房。房屋的格局與凱茨家完全不同，壁紙和地面的顏色也不一樣。

這裡看起來就像那種長年無人居住的房子。樓梯上積著一層灰，木地板上散落著紙屑和雜物，客廳裡擺了些家具，有些積了很明顯的塵土，有些罩著白布。玄關盡頭的正門大敞著，窗戶上只有窗框，沒有玻璃。

唯一令人欣慰的是，外面是白天，不是剛才那扇木門裡的一片漆黑。但這明亮的陽光無法給人安全感，傑瑞和肖恩慢慢走下樓梯，兩人都從頭冷到了腳趾。

肖恩嘟囔著：「慘了……我們……我們已經進來了……」

「你說什麼？」傑瑞驚悚地望向他。

肖恩回憶著剛才的情況，「我想躲你爸，所以鑽進了那扇門……你拿著手機的時候，也站進去了一下……」

「但我們沒有往裡走啊，我們都出來了！」傑瑞大叫著，「更之前……我在外面還聽見你說話了，那時我還沒進去過呢！然後你出來了，我才進去……我們又不是同時走進去的……」他仍然一手抓著肖恩的袖子，完全沒有放開的意思。

肖恩也不知道該怎麼解釋。他只是隱約感覺到，也許一旦踏進門內，就沒法從原路返回了。

列維發現，萊爾德還挺擅長偽裝的。

開車的時候列維還在想，萊爾德頂著那種騙子氣質，別人怎麼能相信他是兒童心理學家？結果到了生日派對現場，瑟西的丈夫竟然十分信任他，認為他確實是之前通過電話的優秀醫生。

萊爾德穿了一件列維的深灰色圓領T恤，外面是淺棕色的針織薄開襟衫，戴了副細框眼鏡。穿上正常的衣服之後，他整個人散發著一種柔軟安靜的氣息，和浮誇的「霍普金斯大師」判若兩人。

他們一早就抵達了特拉多夫婦家。小朋友不適合熬夜，所以米莎的派對從中午開始，小客人和他們的父母會在午飯時前來，在下午聊天小聚，晚飯前各自回家。

米莎在客廳玩拼圖，身邊還有個十一二歲大的男孩子。據說他叫安迪，是安琪拉弟弟的第二個兒子。他同樣不知道安琪拉的死訊，昨天他的父母說要外出辦事，於是把他送到這來……顯然那對夫婦要去處理的是安琪拉的後事。

安迪靜靜陪著米莎，臉上掛著無奈且無聊的表情。這年紀的男孩通常不喜歡照顧比自己小那麼多的孩子，更何況那小孩子還特別沉悶。

和同齡人相比，米莎確實非常沉悶安靜。她對人不好奇也不畏懼，好像也一點都不因過生日而興奮。

列維去假裝與瑟西溝通拍攝事宜，萊爾德則和男主人尼克去書房談話，初步瞭解米莎身上的問題。畢竟他不能一進屋就抓著米莎問話。

尼克說，米莎和很多小孩一樣，從小就有個「想像中的朋友」。但她和別的小孩不同，別的小孩越長大就越不提這事，她卻隨著年齡增長而越發對此深信不疑。

具體來說，米莎經常能聽到和看到一些不存在的東西。在她更小的時候，她會像貓一樣靜靜對著空白的牆面，眼珠滴溜溜地轉來轉去，彷彿在追蹤什麼東西。等長大一些後，她經常說「牆裡的人在叫我」，甚至還說「她跟我講了她那邊的事」。

令人不安的是，當尼克問她：「牆裡的人是誰？是妳的朋友嗎？」米莎會一本正經地回答：「不，她不是我的朋友。她是壞人。」

尼克和瑟西也擔心過，是不是附近真的潛伏著什麼變態或者誘拐犯？當然，他們和警方都什麼也沒發現。

大概是從近兩年開始，米莎好像意識到了什麼，很再少主動提起這種嚇人的話題。她只是不主動提，而不是完全否認它們，她仍然經常走神，經常無緣無故地被嚇一跳。

有一次，尼克搜羅了一箱雜物，抱著它們走向地下室，走在樓道裡的時候，米莎突然從背後叫住他，兩眼含著緊張與恐懼。他放下衣服，轉身蹲下詢問女兒出了什麼事，米莎回答得模棱兩可，對話過程中一直盯著尼克背後不遠處的地方。尼克回頭去看，後面什麼也沒有，就是自家走廊和地下室入口而已。

再看米莎，米莎的面色已經放鬆了下來，開心地擺擺小手離開了。

雖然行為古怪，但米莎從未聲稱過見到鬼魂或怪物，如果問她看到了什麼，她會說沒什麼，或者說「只是正常的東西」；如果問她為什麼妳有時會看到，有時又看不到，她會說「因為有的時候很清楚」。

說某些話的時候，尼克會壓低聲音，生怕瑟西聽見——他認為是安琪拉對米莎造成了不好的影響。

安琪拉生前非常寵愛這個外孫女，但在尼克看來，她又是個古怪且迷信的老人，她總把一些恐怖的東西灌輸給小孩子。一開始，他和瑟西都沒有重視這件事，直到他們發現米莎的言行和安琪拉很像……更準確地說，是和發瘋之後的安琪拉很像。

書房的門開著，尼克看了一眼客廳，米莎仍然在地上玩拼圖，她的安迪小表舅已經不耐煩地跑去院子裡了。

尼克轉回頭，面帶一絲愧疚。

「就在昨天，她又嚇到我了，」他說，「我知道，一個男人被自己六歲的女兒『嚇到』，簡直不可理解……但……」

「我明白你的意思。」萊爾德捧著個小記事本，假裝做筆記。他的褲袋裡還揣著一支錄音筆，是列維進屋之前塞進去的。他問：「說說看，昨天發生什麼了？」

「其實……昨天上午，我妻子的母親去世了。」尼克說。雖然他說的東西萊爾德都知道了。

為了不被人誤解為冷酷，尼克接著解釋了為什麼不取消派對，萊爾德說他們夫婦的決定很對，這樣對兒童的心理健康更好。其實萊爾德也不知道這樣好不好，反正就順著他說吧。

「瑟西回來之後，我們兩個悄悄商量了一些事，沒讓米莎聽見。」尼克繼續說，「等我們從臥室出來，就看到米莎坐在客廳沙發上，電視上在播經濟新聞。她根本沒在看電視，而是在對著電視發呆……然後她問瑟西是否去探望過安琪拉，瑟西說去過了，她又問『那她還好嗎？她沒出什麼事吧？』」

萊爾德問：「怎麼，難道她察覺到了你們瞞著她……」

「不，那倒沒有，」尼克說，「我們對她說一切都好，她也相信了……但是接下來，她讓我們坐在她對面，而她站在我們面前，無比嚴肅地對我們說了一些話……」

尼克複述了當時的情景：

米莎拉著父母的手，讓他們在沙發上坐好，自己站到電視前，面對著父母。

「我知道我會嚇到你們，但我必須把這些和你們說一說，」小女孩微皺著眉說，「我也知道你們不怎麼相信我，還想帶我去看醫生。媽媽，別安慰我，先聽我說完，求妳了。」

接下來她的一席話，讓尼克和瑟西汗毛倒豎。

她說：「你們能不能答應我，不要再問我那些事了？就是……那些你們討厭的事。你們不要總讓我講它們，這樣不好。如果我講得太多，也許有一天你們也會看見的。」

尼克問她，看見什麼？看見它不好嗎？也許看見它之後，我們就知道該怎麼幫助妳了。

米莎像大人一樣深深地嘆了口氣，「如果你們能看見她，她就也能看見你們。」

說這些的時候，她的表情十分嚴肅，是那種彷彿下定決心與人告別一般的嚴肅。

她保持著這樣的表情繼續說：「她應該不會想要殺你們，因為她從來沒有想殺我。她想讓我去她那邊，我並不想去，我不想離開你們。但我可能會迷路，還可能被強行帶走……你們得提前知道這些，我不想讓你們覺得很突然，我不想讓你們難過。」

孩子終究是孩子。她的父母豈止是難過，他們簡直都要被嚇死了。

聽完這些，萊爾德問：「她經常提到的那個『不存在的人』，聽起來是個女人？」

「是的，米莎認為那是個女人。」

「米莎聽她說過什麼嗎？」

「七零八落的一些話，很多只是聲音，還叫她『我的孩子』，偶爾還會唱歌。唉……畢竟這些是出自小孩子的頭腦，米莎聽到的東西可能很恐怖，但不一定有邏輯。」

看來尼克一直認為是米莎的精神出了問題。萊爾德問：「那……她知道那女人叫什麼名字嗎？我是說……很多小孩想像中的朋友都會有名字。」

「伊蓮娜。」尼克立刻回答。他對那名字印象很深。

「你們一家認識叫這個名字的人嗎？或者類似發音的？」

「沒有。我們特意調查過。我們不認識叫這名字的人，米莎去的幼兒園沒有，小學裡當然也沒有。更何況，米莎從很小的時候就提過這名字，那時她連話都還沒學會幾句呢……我們也懷疑過她是不是受了什麼電視節目的影響，但那時她那麼小，還沒怎麼接觸過電視節目……這些年有過什麼叫伊蓮娜的女星或者動畫公主嗎？還得是頻繁地在電視上出現的？反正我想不起來……」

尼克正說著，列維突然出現在門口。萊爾德隱約看到，列維一瞬間的表情非常糾結困惑，但很快就恢復了「家庭回憶攝影師」的笑容。

「打擾你們了，我有事想問問凱茨醫生。」列維對尼克說。

尼克也說得差不多了，剩下的需要「心理專家」去觀察判斷，於是他簡單寒暄了兩句，離開書房，去廚房幫瑟西。

萊爾德不解地跟著列維來到院子一角。他們現在可不是搭檔，「攝影師」和「兒童心理專家」到底有什麼可聊的？幸好尼克只是個普通父親，不是多疑的諜報專家，不然列維這種極度可疑的行為早就引起警惕了。

列維看看周圍。那一家三口都在室內，叫安迪的男孩子在遠處玩小彈跳床。

「剛才他說伊蓮娜，對吧？」列維低聲問。

萊爾德從褲袋裡摸出錄音筆，「這東西還有即時竊聽功能？你給我的到底是個什麼玩意？」

「它確實不是正常錄音筆。」列維重複問，「剛才他確實說伊蓮娜了，對吧？」

「對，你沒聽錯。怎麼，你認識這樣一個人？」

列維沒回答。他想了想，又問：「現在你感覺得到什麼嗎？」

「怎麼，你感覺到了？」

「我感覺不到。我是問你。你不是靈媒嗎？」

萊爾德看看四周，「目前沒有……這麼說吧，如果連我都能感覺到『門』，那麼客廳裡的小女孩肯定已經嚇死了。她比我敏銳得多。對了，我弟弟的那個同學也很敏銳。」

列維腹誹著：你這是親口承認自己是騙子，虧你還自稱靈媒。

他又問：「如果我們找個沒人看見的角落，比如車庫那邊，你可以用那個『製造意識模糊和疼痛來提高敏銳度』的方法去感知它嗎？」

萊爾德一抖。

列維認真地望著他：「我可以讓你很痛，但不會有太嚴重的傷。」

「不行，現在不行！」萊爾德後退半步，「我們得先找機會接觸一下米莎，這並不需要打我。你著什麼急？誰是伊蓮娜？這個名字很重要嗎？」

列維點點頭，輕描淡寫地說：「好吧。我只是覺得，這肯定是關鍵線索，以前從沒有人聲稱自己與門裡的對象進行溝通過。」

一輛小車停在路旁，年輕媽媽帶著一個小女孩下了車，生日派對的客人來了。列維回到眾人之間，開始履行他作為派對攝影師的職責。

他衣領下藏著那枚發黑的銀鍊墜。他把它配了條皮繩，戴在自己脖子上。鍊墜中心圓形部分的背面刻著字母E。

列維猜測過這字母代表什麼，但又不敢太把這份猜測當回事。在學會裡，每個導師都有這樣一枚吊墜。它象徵著持有者已踏入神聖之殿，接近世間隱匿的知識，成為望穿表像者的一員。而信使或獵犬不同，他們沒有這樣子的吊墜。他們遊走在殿堂之外，仍然屬於普通人。

一九八五年的辛朋鎮事件中，失蹤者裡包含兩名學會導師。其中之一，名叫伊蓮娜．卡拉澤。

SEEK NO EVIL

CHAPTER FIVE

【她也能看見你】

中午之前，客人們到齊了。兩個小女孩，一個小男孩，還有他們的家長，都是附近的鄰居。

這是個細看之下有點古怪的生日派對，客人熱情而興奮，主人卻心不在焉。瑟西強顏歡笑，尼克一直盯著米莎，米莎總是靜靜坐著，禮物和蛋糕都提不起她的興致。

她偶爾會對小朋友們笑一笑，那是一種不該出現在小孩臉上的笑容。說它是假笑也不太準確，那看起來就像是……她很累，光是坐在這就耗盡了心力，但她知道這些人是為她而來，所以她不想讓他們失望……列維一直在負責拍攝，所以對她的神態印象深刻。

列維想著，米莎的經歷有些像小時候的萊爾德——孤身面對著未知的恐懼，無法傾訴，無法求助。米莎比萊爾德幸福一些，至少安琪拉與她有相同的經歷，現在她母親也傾向相信她。她父親雖然不信這些，但並沒有因此厭惡她，而是擔心她、想要幫助她。

而萊爾德……從他五歲失去母親之後，血緣相通的親人也沒有給予他支持或保護。前路一片黑暗，全都靠他自己摸索。

列維望過去。萊爾德坐在一位紅髮母親身邊，這位客人聽說「凱茨醫生」是尼克的朋友，而且是個兒童心理專家，於是興致勃勃地與他交流育兒話題。

萊爾德說的話還都挺像樣，至少沒有什麼特別胡說八道的內容。列維忍不住猜想，如果萊爾德·凱茨從未失去母親，從未見過「不協之門」，如果他能平安地成長……也許現在他偽裝出來的模樣，就是他本來該成為的模樣。

午飯後，大人們在沙發上聊天，米莎在樹蔭下的小木桌上畫畫，另外幾個孩子在院子和屋子裡跑來跑去。

小表舅安迪已經和客人們混熟了，那三個小孩很活潑，安迪在教他們用膝蓋頂球，他們還太小，學得並不好，安迪能從中獲得一些大孩子的勝利感。

米莎畫畫的時候，萊爾德坐在她身邊看著她。她默許了，沒有排斥，也沒有特別歡迎。萊爾德注意到，當安迪拿出球來的時候，米莎開始盯著他，當他和那兩個孩子玩起頂球，米莎的目光又收回了紙上。也不知道她是留意到了什麼，還是擔心安迪做什麼事。

萊爾德對米莎說自己看見過那些東西。他說得很簡略，並沒有用任何安撫或誘導兒童的溝通詭計，他只是簡單提了一下自己小時候的事。米莎輕輕點了點頭。她的眼神很平靜，她相信他。

有些東西，只有經歷相似的人才能彼此確認，別人想裝出「我都懂」的態度是裝不像的。所以米莎對萊爾德提出的問題並不排斥，還一邊繼續畫畫一邊回答。

米莎的畫很正常，並不是那種恐怖片裡的獵奇兒童畫。萊爾德把安琪拉記事本裡夾著的畫給米莎看，就是米莎自己畫的那張，半開的門扉上伸出手來。

「妳為什麼要把這張畫送給安琪拉？」萊爾德問，「畫上的這道門比較特殊嗎？比如，它的門把是手的樣子？」

小女孩皺眉看著他，好像在說「你在胡說些什麼」。

她想了一下，才整理好語言，為萊爾德解釋了這張畫的真正內容。實際上，她想表現的畫面並不是「門虛掩著，門把是手的形狀」，而是「一扇雙開的門正在關閉，幾乎已經要完全關上了，一雙手從門內伸出來，扒住門邊，還想向前伸展，試圖觸摸到什麼東西」。

兒童畫作當然很難表現出這種複雜的動態，於是米莎畫出來的樣子就像是手變成了門把。米莎雖然喜歡畫畫，但她的繪畫能力並不比別的小孩高超多少。

「所以……她是伊蓮娜？」萊爾德問。

米莎點點頭。萊爾德注意到，當聽到這名字的時候，米莎的眼中會凝結出一瞬間的恐懼。

萊爾德抬起頭，庭院中，扛著攝影機的列維正盯著他。那支錄音筆還在他身上，列維能即時聽到他和米莎的對話。

看來列維對「伊蓮娜」這名字相當執著。但萊爾德目前不打算直接詢問這一點。

這時，米莎抬頭望向院子中心，她停下畫筆，臉色變得煞白。

萊爾德順著她的目光望去。她看著的是一個穿紅裙子的小女孩，那孩子站在房子的窗下，面對牆壁，雙臂疊在額前……萊爾德還沒來得及問什麼，米莎就丟下畫筆直直跑了過去，她一把拽住紅裙女孩，神色幾乎有些瘋狂，「你們在做什麼！」

紅裙女孩被嚇壞了，她畏懼地看了看米莎，又望向屋裡。客廳裡的大人們望過來，也被米莎莫名其妙的怒火弄得不知所措。

另一個女孩的母親說：「她們在玩捉迷藏呢，如果妳想一起的話……」

「不行！」米莎對她吼道，同時看著自己的父母，「我和你們說過！這裡不准玩捉迷藏！把他們叫出來！都叫出來！」

受驚的紅裙女孩掙脫米莎，跑到自己的媽媽身邊。屋裡的大人顯然都找不到重點，只想著該如何安撫這個精神明顯不正常的孩子。瑟西站在她們身後，已經眼眶發紅。她隱約知道米莎為什麼會這樣，正因為知道，所以反而更不知道如何是好。

萊爾德走過去，拍了拍米莎的肩，彎腰小聲說：「別怕，我去找他們。」

看起來他只是為了哄好小孩，這麼做也不算太突兀。

列維想了想，也跟了上去。他帶著攝影機這麼做倒是有點奇怪，幾個藏起來的小孩又不是珍稀野生動物……但他懶得管這麼多，最壞也不過被當做變態攝影師而已。

當萊爾德走過米莎身邊時，米莎想拉住他，但沒能抓住。他們上樓的時候，米莎倚在門邊喊道：「別注意看。」

家長們完全不明白這孩子的奇怪發言。其實萊爾德也沒完全明白，但他還是背對她做了個 OK 的手勢。

樓上的孩子也能聽見米莎的叫喊聲。捉迷藏是安迪出的主意，他經常來這裡，知道米莎是個怪小孩，而且她確實說過不准玩捉迷藏。他看過很多恐怖片，米莎非常符合恐怖片兒童角色的特徵，他一直懷疑這個家鬧鬼，所以更想在這玩一次捉迷藏了。

聽到米莎的叫聲後，安迪心虛地從一間房門後探出頭，正好看到萊爾德。

「另外兩個孩子呢？」萊爾德問。

「我也不知道，」安迪說，「他們自己藏的。」

他喊了一聲，叫他們出來，有個女孩的聲音遠遠傳來，說不願意自己出來，出來就認輸了。安迪帶著萊爾德，在衛浴間的浴缸裡找到了她。還有個男孩藏在不知什麼地方，而且沒出聲。不知是不是因為他太過「聰明」，以為外面的呼喚聲是引誘他認輸的詭計。

瑟西和尼克也上樓來了。他們安撫安迪和被找到的女孩時，萊爾德正走向米莎的房間。房門上貼著米莎的畫，下面是彩色貼紙拼成「米莎公主」的字樣。

正要開門的時候，萊爾德聽見裡面傳來了一些窸窸窣窣的聲音。他打開門，聲音更明顯了，是從窗簾後傳來的。那是挺厚重的落地窗簾，深玫瑰色遮光布，上面畫滿了星星和愛心。

窗簾微微動了一下，最凸起的部分大概在成人腰際的高度。萊爾德不記得那個男孩的名字，他用盡量輕鬆的步伐靠近，說：「小伙子，出來吧，他們是真的不玩了，不是在騙你。你聽，安迪都出來了，你再不出來汽水就全被喝完了……」

正說著，他聽見了安迪在另一個房間大聲喊道：「天哪！你不能躲在這！你看，你把這件衣服弄髒了！」

然後是瑟西的聲音：「沒關係沒關係。安迪，你先帶他去玩別的吧……」那個更小的男孩從衣櫃之類的地方爬出來，吞吞吐吐地向瑟西道歉。

剛才他也聽到米莎大喊大叫了，但他並不明白是為什麼。當他看到自己踩到了一件長裙禮服時覺得自己犯錯了，所以越發不敢出來。

萊爾德死死盯著那窗簾，慢慢地一步步向前。

窗簾又動了一下。萊爾德伸出手，窗簾後的東西又動了動，頂得窗簾鼓起來，與他的指尖漸漸接近。

就差一點點距離的時候，列維突然出現在他身邊，握住了他的手腕。

「你退開。」列維有些粗暴地把萊爾德拉開，沒等萊爾德說什麼，他一把拉開窗簾。

一隻蒼白色的手，差點就碰到列維的衣襟。

列維下意識地後退了一步，那手在空中擺了擺，又收回去，撐在門框上。

窗簾後應該是窗戶，但現在那裡是一道豎直狹長的縫隙。它只有一人寬，所以沒有完全覆蓋住窗戶，而是直接疊在窗戶上，就像在窗上貼了一張過於立體的畫。

這東西上面沒有門板，也許不應該被稱為「門」。說它是通道也好，縫隙也好……

如果把「門」定義為連通兩個區域的實體分隔物，那麼也可以說它是一種「門」。

那隻手先是收回去，接著，雙手都從門內伸了過來。它們從指尖到手臂都是灰白色，十分瘦削，看起來是一雙女性的手。

但這雙手的盡頭並不是某一個人，而是一片同樣灰白色的皮膚。不是紙，不是石頭，也不是嵌在另一邊的門板……那質感，看上去是一片展平的皮膚。它緊貼在「門」的另一邊，貼得非常緊，不知在窄門後面還能延展出多大的體積。

皮膚微微蠕動著，上面帶著不規則的凹凸和疤痕。那雙手漸漸移到貼近地面的地方，撐住兩邊的「門框」，向後推，好像是長有「手」的某個東西想拚命從門裡擠出來……但它出不來，只有一雙手能伸過來揮舞。

列維還提著攝影機，而且此時它正在拍攝模式下。他聽見「噠」的一聲，一回頭，是萊爾德反鎖上了房門。

瑟西和幾個孩子就在同一層的樓道裡，他們走幾步就能過來。他不想讓他們看見這個。而且米莎說過，你能看見她，她就也能看見你。

關門的時候，萊爾德的手都在發抖。他死死盯著那東西，感到無比噁心，又無法移開目光。

熟悉的恐懼感蔓延上來……他突然想起安琪拉在筆記裡寫的那句話——既不能察覺，也不能閉上眼。恍惚之間，他模糊地記起來一些東西：不能察覺，察覺就會被發現；不能鬆懈，鬆懈就會被抓住；不能看，也不能不看；不能害怕，又必須警戒……他深呼吸了幾次，靠在門上，慢慢半蹲下來，一隻手摸索向小腿側面。

列維仍然站在前面，一直沒有移開目光。

他攥緊拳，嘴唇顫動了好多次，終於輕輕吐出一串發音：

「伊蓮娜？」

縫隙中的皮膚與手臂僵了一下，接著，從「門」裡很遠的地方傳來了一陣痛苦的低吟。聲音聽起來很遠。這個東西……不論它是什麼，如果它的聲音從那麼遠的地方傳來，也許就表示它的嘴就長在那麼遠的地方。

怪不得它只是伸出手來揮舞。這麼小小的一道門，它根本就擠不過來。不知道它到底有多大……到底有多少像這樣的人類手臂。

它的叫聲越來越激烈，雙手也開始無規律地舞動。列維手心全是冷汗，有些後悔自己的草率，也許他不該念出那個名字……也許根本不該和裡面的東西溝通……

這時，萊爾德快步走上前，越過列維身邊，以令人震驚的堅決步伐靠近了門內的東西。

「你要做什麼？」列維問。

萊爾德沒回答。他毫不猶豫地用左手抓住了那東西的一隻手臂，右手將什麼東西刺在它上面。怪物的手一抖，反手扣住萊爾德的手腕，另一手猛地揮過來，抓住了萊爾德另一隻手。他手裡的東西掉在地上。

列維來不及細看那是什麼，他衝過去，一手抓住萊爾德，一手去幫他掰開那蒼白乾瘦的手指。怪物拖著他們兩個人向門滑去。掙扎時，列維領子裡的鍊子露了出來，怪物的手突然不動了，它好像能透過皮膚看見東西，列維沒發現它有眼睛，卻感覺到自己正被它注視著。

它的注意力從萊爾德轉到了列維身上。它放開萊爾德，在兩人來不及後退的瞬間，又掃向列維。兩人都被它拖倒在地，列維頸間的皮繩斷掉了，發黑的銀吊墜落在地板上。

那雙手飛速抓起銀吊墜，縮回門內的皮膚上。如果手臂的根部不是一片疤痕累累的噁心皮膚，它的姿勢……就像是女性將珍愛之物捧在胸前。

列維試圖站起來。起身的時候，他看了萊爾德一眼，萊爾德癱在地上，僵硬地縮著肩膀……當列維再把目光轉回去的時候，那雙手臂不見了，詭異的皮膚不見了，狹窄的「門」也不見了。

他用力眨了眨眼睛。這種感覺很怪，他明明感覺到它上一秒還在餘光裡……無意間低頭時，列維看到地上落著一枚形似金屬筆的東西。剛才萊爾德似乎用它攻擊了那雙手。他把東西撿起來細看，這是一支無針頭脈衝注射器。

列維沒怎麼接觸過這類東西，分辨不出這支注射器具體是什麼型號、應用在哪些領域。

「嘿？」列維靠過去，用膝蓋碰了碰萊爾德，「你怎麼了？」

萊爾德依舊坐在地上。列維還以為他受傷了，他搖搖晃晃的，似乎十分虛弱，起身兩次都又坐了回去。列維把他攙起來，他沒受傷，但渾身軟得像被抽掉了骨頭。幾分鐘前，他那麼簡單粗暴地衝過去近距離接觸「門」裡的東西，現在卻嚇得像要融化了一樣。

列維扶他坐到一張椅子上。萊爾德微笑著點點頭表示感謝，似乎暫時分不出精力來說話。

瑟西在外面輕輕敲了兩下門，「凱茨醫生？」

列維打開門，一言不發。萊爾德也低著頭，沉默地盯著地板。

瑟西把門整個打開，看了一眼女兒的房間，一切妥當，並無異常。但她能感覺到，這裡肯定發生過什麼。她想詢問，可聲音被一種突然而至的本能困在了喉嚨裡，試了幾次也發不出來。

她想起不久前米莎對她和尼克說過：「你們不要總讓我講它們，這樣不好，如果我講太多，也許有一天你們也會看見的。」

她意識到，這兩個人看見了。他們一定看見了米莎和安琪拉見過的東西。

瑟西沒有問剛才的事，而是說：「孩子們都去院子裡玩了。我覺得……有的事應該尊重米莎的意見……」

列維點點頭，「挺好，做得對。」

瑟西無意間低頭，看到放在地毯上的攝影機。列維看了她一眼：「關著的。」

她點點頭，並不打算繼續問。雖然是她同意讓這兩個人來家中暗訪的，現在她卻開不了口問他們有何發現。她寧可他們什麼也沒發現。

這時，沉默已久的萊爾德抬起頭：「瑟西，妳和尼克要保護好米莎。」

「這是當然的，」瑟西說，「不過……你們覺得怎麼樣？我是說……我們需要搬家或是怎麼樣嗎？」

萊爾德站起身來，伸展了一下雙手，似乎已經克服了不適，恢復了平時的狀態。

「不用，」他露出輕鬆的笑容，「這麼說可能有點奇怪，但是請妳相信我——米莎的處置方式非常好。這可能要感謝安琪拉，安琪拉用自己的經歷來教導她，教會了她如何避免受到傷害。你們要聽米莎的話，她不想去什麼地方，就同意她不去，她日常如果有什麼古怪行動，別去干涉，按她的意思來。」

瑟西抱緊雙臂，「這樣就能避免讓她……變得像我母親一樣嗎？」

「她不會像安琪拉一樣的，」萊爾德拍拍她的肩，「我有個比較大膽的猜測……隨著米莎漸漸長大，她所害怕的那個東西會放過她的。」

瑟西不解，「但是我母親都那麼大年紀了，還不是……」

「她們的情況不一樣。總之，你們保護好米莎，信任她的判斷就可以。接下來我還要慢慢研究安琪拉留下的東西，如果有重要的發現，我會和你們商量的。」

樓下的孩子們沒有留太久。那場不愉快的捉迷藏之後，家長們都察覺到氣氛微妙，陸續帶著小孩告辭了。列維也收拾好了器材，完成了今日的「工作」。他先一步離開，萊爾德還要和尼克廢話幾句，編幾句關於兒童心理的瞎話什麼的。

列維把車開到另一條街上，在這等著萊爾德。他突然想到，之後他還得真的打開電腦轉存影片，得真的挑出一組照片修一修，得真的去找一家店把它們印成冊……他幾乎就是個真的攝影師。

他長嘆一聲，鬱悶地趴在方向盤上。

過了片刻，萊爾德來了。列維從後照鏡裡看著他走近，他的腳步有點虛浮，顯然還沒從剛才的驚嚇中回過神來。列維也心有餘悸，但他覺得萊爾德的狀況與自己不同。

萊爾德打開副駕駛門坐進來。列維從口袋裡掏出那支脈衝注射器，遞到他面前：「這是什麼？」

「注射器……」

「我是問你它是幹什麼用的。剛才你在做什麼？」

萊爾德沒回答，列維轉頭看著他，他兩眼放空地看著前面，好像已經走神了。

列維又問了一遍，還補充說：「就算你不告訴我，我也可以讓別人檢查它。」

萊爾德終於回過神，輕輕從列維手裡拿回注射器，反正列維也沒真的想拿走。

「你找誰也檢查不出來什麼，」萊爾德說，「不然我怎麼會輕易把它隨便亂扔……」

列維撇撇嘴，「我想也是。」

萊爾德說：「我只能告訴你，我給那東西注射了某種物質，可以用於定位追蹤。」

「此時此刻就能定位？」

「不一定。我們確實希望能夠持續追蹤，但那只是理論，還不知道否能成功。可以保證的是，如果它再出現在世界上某處，我們之中就會有人收到定位資訊，還能監測它的行動和生命體征。」

「就像對野生動物那樣？」列維看著他，「還有，你剛才說的『我們』是指誰？」

萊爾德靠在頭枕上，也歪頭看著列維，一臉無辜的樣子，「就是指你和我啊。」

列維毫不掩飾臉上的冷笑，沒有再問。他們也就在這方面最有默契。

他換了一件事問，這也是他很想知道的，「那你能不能告訴我，剛才你怎麼了？」

萊爾德反問他：「你不害怕嗎？」

列維說：「我當然也害怕。但我有一定的心理準備，畢竟從前我也見過一些奇怪的東西……雖然沒有那麼怪。」

「它把你身上的什麼東西扯走了？」

「安琪拉留下的那個墜子。」列維沒說上面字母的事。

萊爾德說：「而那墜子本來也不是安琪拉的……是她從『那邊』帶回來的。安琪拉見過它，米莎也見過它。」

列維點點頭，「而且，如果安琪拉真的曾經走進去過，那麼她和我們、和米莎還不太一樣……她可能見過她真正的模樣……」

「她？」萊爾德注意到列維的用詞，「你能確定它是個叫『伊萊娜』的女人了？」

列維說：「如果她是人……或者至少能被比喻為人的話，她顯然是個女性。」

萊爾德說：「好吧。剛才你問我怎麼了，你是想問我為什麼嚇到站不起來，對嗎？」

「嗯。你拿注射器刺她時倒是很英勇。」

萊爾德頓了頓，說：「我覺得……我可能也見過它……」

「你是說……」

「你聽說過我小時候的事了，對吧？」萊爾德苦笑了一下，「我五歲時的事，和母親一起失蹤的那幾天。」

列維確實聽說過。在凱茨家的時候，他初步知道了萊爾德的經歷，後來他利用零碎的時間偷偷查了一些當年的本地新聞，還和學會的信使私下溝通過。

「你也進去過。」列維說。

萊爾德取下了眼鏡，捏著眉頭：「是的……但我的記憶並不是特別清晰，那時我太小了，而且還很可能被什麼東西嚇瘋了……唉，當年我又小又瘋。」

列維因「又小又瘋」這個說法而偷笑了一下。他問：「那你怎麼能確定自己見過她？」

萊爾德說：「我忘記了具體的經歷，卻還記得那種恐懼……那種……我不知道該怎麼說。」

列維注意到，萊爾德的手又開始抖了。在凱茨家門外，他們聊關於「門」的事情時，萊爾德也會不自覺地發抖。他會盡量握緊拳頭，或者捏住什麼東西，指頭繃得很緊，以此來阻止明顯的顫抖。

「它想要小孩子。」萊爾德把兩手交握在一起，盯著車窗外。人行道上正好有一位年輕媽媽推著娃娃車經過，另一位女士與他們擦肩，對娃娃車裡的嬰兒做了個鬼臉。

萊爾德的目光隨著那對母子飄遠。他繼續說：「我忘記了很多事，但我記得柔伊她……哦，就是我媽媽，你聽過這個名字嗎？她原本可以帶我一起回來的。我不記得我們經歷了什麼，我只記得……她一直在保護我，保護我不被那個東西帶走……」

她成功了，萊爾德回來了，而她沒有。

列維沉默了片刻，說：「米莎說『伊蓮娜』也想帶走她……這情況從她更小的時候就開始了。」

「長大一些後，即使我再隱約感覺到『門』，也沒有再感受到過那種熟悉的恐懼……」萊爾德說，「因為它不再找我了。至於安琪拉，雖然她很敏銳，卻也不是每次都會看見它，她的日記裡並沒有頻繁提起類似東西，提到它的時候，又必定會提起米莎。那個東西大概不會主動找安琪拉。我猜，它想要個小孩子。」

她想要個小孩子。

列維在心裡默默重複著這句話。他身上發沉，眼前又出現了那雙蒼白的手，那片怪異不合常理的皮膚。

回到旅館，萊爾德一直在研究安琪拉留下的筆記。他把筆記從手機相片中謄寫到紙上，還開著翻譯軟體，把安琪拉雙語混雜的行文統一重新寫成英文。幸好安琪拉不是什麼文學大師，用的詞彙都不太生僻。他坐在床上幹這些事，列維則占用著房間內唯一的書桌，像個真正的攝影師一樣（鬱悶地）處理著照片。

列維悄悄注意到，萊爾德把手機中的資料打包傳給了什麼人。他只看見了傳送的畫面，沒看見對方的稱呼。

晚飯時間，列維要出去吃飯，萊爾德留在房間不去。列維問他是否要外帶些什麼，他毫不客氣地洋洋灑灑說了一長串，列維全部拒絕了，決定隨便幫他買個漢堡套餐。

天有點陰沉，好像今夜會下雨。列維走出了幾條街，鑽進一家土耳其餐廳。客人們大多在窗口外點外賣，店內雖狹小，卻空出好幾個座位。列維從僅容一人通過的木樓梯上到二樓，二樓更是空無一人。

他坐下來，傳了位置資訊給人。幾分鐘後，一個背著大背包的年輕女性走上來，坐在了列維身邊。她看起來像是獨自長途旅行的遊客，但聖卡德市這種地方並沒有什麼名勝可逛。

女孩吃著烤雞肉和薯條，對列維搖了搖頭。

「查不到？」列維問。

女孩說：「查不到。或者說，能查到的都是誰都知道的事。」

「他還有個外祖母，你們從這邊調查了嗎？」

「查了，沒什麼東西。她去年去世了，生前也沒什麼有價值的資訊。」

女孩想了想，說：「按理說，信使不該對獵犬說這種話……但反正我不是負責這件事的信使，只是額外幫忙，所以別怪我多嘴——你要我們查的這個人很可能有比較敏感的背景，你要對他保持最高警惕。他可能會對學會產生威脅。」

「我知道。」列維雙手交握撐在顎前。學會的情報網很可信，如果學會給出的建議是這樣，那他確實不能查得太深。

萊爾德背後的機構究竟是什麼，列維心裡已經隱約有數了。

身為學會的獵犬，他接觸過「那類人」很多次……比如辛朋鎮事件的善後，《奧祕與記憶》雜誌一九八九年十月刊的大量失蹤……其中都少不了他們忙碌的身影。那些人和學會一樣，都在試圖發掘祕密。但萊爾德和那些人又不完全一樣。

列維能夠理解他，能夠明白他為什麼要面對「不協之門」。即使沒有任何人在背後支援，他肯定也會拚盡全力去探索這一切。

拿列維自己來說，他從未見過父母，腦海中也沒有關於故鄉的任何記憶，即使如此，辛朋鎮仍然是扎在他身上的刺，一路扎進他的骨頭裡，左右著他如今的一切行動。

而萊爾德，他失去母親的時候已經五歲了，雖然他那麼小，能記住的東西那麼少，但他的靈魂裡也一定扎著這樣的一根刺。

也許它扎得比列維的刺更深，也許它造成的傷口至今仍在流血。

女孩說完那些就低頭只顧著吃東西。吃完後，她翻開背包，拿出一只男士厚皮夾。皮夾滑到列維面前，打斷了列維的思索。

「我專程趕來，更多的是為了這個，」她說，「是導師要交給你的。別在這打開，我們信使不能看內容。」

列維沒有問「是哪個導師」。對獵犬和信使而言，學會的導師們是一個整體，他們本來也不該知道某個導師的名字。當然，這種情況在列維身上有個例外——由於親屬關係，他至少知道兩個導師的名字。

他收下皮夾，正好想起吊墜的事，「我上報的照片證據，有結果了嗎？」

女孩說：「導師想知道你為什麼不提交實物證據。」

「當事人家屬不同意讓我拿走它，照片是我把它借出來拍的。」

女孩露出一臉「你怎麼這麼老實」的表情，但信使無權教訓獵犬，她最終也沒說什麼，只是繼續傳達導師的意思。「導師們只能確認，那是一九九〇年以前的舊版『書籤』，但不能確認它具體屬於哪一位導師。」

「從失蹤或殉職導師當中查呢？」列維問。

「你能想到，導師們就想不到嗎？」女孩嘆了口氣，「他們沒有告訴我太多，我能轉達的只有這些。總而言之，導師們接收到了你傳達的東西，所以才決定給你那個皮夾。我是為遞交它才來見你的。如果還有變動，導師會再聯絡你。」

信使吃完了自己的食物，背起背包下了樓。列維在座位上等了幾分鐘，下樓去買了一份女孩吃的那種烤肉捲餅配薯條，拿在手裡，邊走邊吃。

關於吊墜的主人，其實他心裡有答案，但他仍然想得到來自學會的確認。每位被承認的導師都有一枚那樣的吊墜，他們稱之為「書籤」，是彼此身分的證明，也是被真理接納的象徵。只要導師還活著，就不會讓「書籤」離開自己。

學會從沒有向列維隱瞞過辛朋鎮事件。他還小的時候，教官直接把他父母的身分告訴了他，甚至可以說，學會想故意引導他去調查。如果學會能完全確認吊墜屬於伊蓮娜，他們就根本沒必要隱瞞這一點，就算他們不想讓信使知道，也可以不說細節，只傳遞結果。如此來看，學會所知的也並不多，他們不能準確地判斷吊墜是屬於伊蓮娜，還是屬於另一個名字中有字母E的導師。

從過去到現在，學會有很多成員行蹤不明。獵犬自然不必說，連導師也會被捲入不可預知的事件。那些因為探索而隕落的導師，被後來人稱為「丟失的書頁」。丟失的書頁太多了，僅憑一枚刻有字母的書籤，他們根本無法對應出它屬於哪一頁。

列維忍不住想，在那些消失的導師或獵犬中，有多少已經死亡？有多少被禁錮於其他困境？又有多少一直活在某扇門的背後，而別人再也看不見他們？

列維回到旅館，一開房門，只見地板中心鋪滿了碎紙。

「慢點！別踩到！」萊爾德低著頭說。他坐在地上慢慢拼著它們，姿勢和表情令人想起玩拼圖的小米莎。

列維把一個紙袋遞給他，他接過來，看也不看，隨便掏出一個東西剝開就吃，眼睛全程停留在地上的紙片上。

「這裡面的酸黃瓜真難吃。」萊爾德說完，又咬了下一口。

「我不只一次幫你外帶過晚飯，你沒有一次說過好吃，」列維坐在床上，看著地上的「拼圖」，「你在做什麼？」

萊爾德說：「這些是鐵盒裡的碎紙片，它們原本是完整的一張圖，被安琪拉撕碎了。」

說著，他又找到一張可以銜接的紙片。

「她撕得也不算特別碎……」他捏著紙嘆氣，「但是很不均勻。大一點的還好，小紙屑就不好辦了。說不定還弄丟了一些……」

列維站起身，俯視地上已經拼好的部分。安琪拉把它畫在一張舊包裝紙背面，紙鋪開有一小塊地毯那麼大，應該是來自某年的聖誕禮物包裝。

好在這不是真正的拼圖，拼起來也不算特別費力。萊爾德吃完一頓自己都不知道是什麼的晚餐後，大包裝紙上的畫面基本上已經完整了。有些細小的紙屑早就徹底丟失了，所以圖看起來有點傷痕累累。萊爾德用膠帶把它固定起來，再站到椅子上或者床上，尋找角度，拍照保存。

圖案看起來像地圖。彎彎曲曲的線條來回穿梭，線條旁還散落著一些符號，就像在普通地圖上標示車站或重點建築那樣。圖上沒有比例尺，所以看不出每個標誌物之間到底有多遠。其實它也不一定是地圖，圖上的標示並不統一，每個標誌物都是不一樣的小塗鴉，每兩個的形態都不太一樣。

列維和萊爾德研究了一下「地圖」，就又回到電腦邊處理無聊的照片去了。兩個人各做各的事，眼看就到了深夜。

萊爾德哈欠連天，打算去洗漱睡覺，而列維還得處理一堆照片，不得不進行無謂的熬夜。

萊爾德睡下一小時之後，列維坐在書桌前，背對床鋪，打開信使交給他的皮夾。房間裡唯一的光源來自電腦螢幕，這足夠讓列維看清皮夾裡的東西。

一支金屬無墨筆。筆是細長的紡錘形，和男子的手指大小差不多，筆頭稍尖，與筆身沒有明顯的分界，通體都是金屬灰色。這種筆不需要任何墨水，也沒有安裝鉛芯，可以直接用金屬筆頭持續地書寫。列維在紙上試了試，學會送他的筆和外面買的不太一樣，紀念品商店裡的無墨筆書寫起來更像硬鉛筆，而這支筆的筆跡更黑更濃。

一枚鑰匙形狀的吊墜。鑰匙的圓形部分雕刻著六芒星、銜尾蛇，看起來與導師的「書籤」圖案類似。而不同的是，這枚吊墜上並沒有希伯來文字母 Alef，取而代之的是列維的名字縮寫。這是獵犬的銘牌。獵犬們平時並不佩戴銘牌，銘牌由導師們統一管理，只有執行有必要表明身分的任務時，學會才把身分證明交給獵犬。

還有兩條藥片。沒有藥名和用法，看上去和維生素片差不多，每條有六片。

列維曾經見過無墨筆和名牌，只有這藥片，他今天第一次見到。他知道這是什麼。

教官講解過它的用法用量，並不是每名獵犬都有機會用到它。皮夾內就這麼多東西，沒有半點含有文字的指示。但這已經足夠了。看到筆和藥片，列維就明白了命令為何。

他把筆和藥片收好，將鑰匙牌貼身戴在脖子上。洗漱後，他爬到床上，像是忘記了睡覺需要閉眼一樣，久久地注視著房間裡的黑暗。另一張床上，萊爾德本來均勻地呼吸著，現在突然哼哼了兩聲，翻了個身。

列維看了他一眼，又轉回目光，繼續瞪著天花板。

他想像著，如果這個房間內出現一扇本來不存在的門，他是否能夠毫不猶豫地走進去？

他一直追逐著「不協之門」，就像逐風者們不停尋找著龍捲風。那些人盡己所能去追蹤、研究、拍攝、分析……目睹狂暴而壯美的奇景時，他們也很小心地與龍捲風保持距離。畢竟，沒有人真的被它帶去奧茲國。

如果桃樂絲找不到翡翠城，接下來會怎麼樣呢？在永恆中不停地尋找回家的路，直到忘記過去，忘記自己，忘記故鄉的名字，只知道不停不停地尋找下去……這和粉身碎骨又有什麼區別。

想著想著，列維的思維終於開始渙散，眼睛也漸漸閉上了。

就在他幾乎要沉入夢鄉時，一聲抽泣讓他瞬間清醒過來。

列維側身望去。旁邊床上的萊爾德背對他，蜷縮著，肩膀有些發抖，嘴裡不知咕噥著什麼。大多數人說夢話都不怎麼清楚，會喊出銀行密碼的是極少數人。萊爾德的夢話也十分含糊，與其說是夢「話」，更像是一些意義不明的嗚咽。

列維尋思著要不要叫醒他。也許不叫更好……反正多數人都會重新進入深層睡眠狀態。過了片刻，萊爾德的呼吸越來越急促，有幾次幾乎哽住。列維決定叫醒他，萬一出現睡眠窒息可不是鬧著玩的。

他叫了萊爾德幾聲，萊爾德沒反應。於是他下了床，坐到萊爾德的床沿，伸出手，想推萊爾德的肩膀。

手指剛剛接觸到襯衣，萊爾德便渾身一顫醒過來了。他翻身仰面朝上，睜開眼，雙手還緊緊抓著被子。房間裡沒開燈，但窗簾不夠厚，窗外路燈的光線能夠透進來一些，列維發現萊爾德臉上有些溼漉漉的反光。

萊爾德遲疑了一下下，才意識到列維的存在。兩人尷尬地對視片刻，同時移開視線。

在列維開口詢問之前，萊爾德「啊」了一聲，還故意把聲調拖得很長。他背對著列維坐起來，「真恐怖，真恐怖……我做了個超級恐怖的惡夢！喪屍圍城，子彈打完了，同伴被咬了……」

列維問：「你以前經常這樣？」

「不常，」萊爾德依然背對著他，疲憊地搓了搓臉，趁機把眼淚抹乾了，「以前我們也一起睡過，我從沒吵醒過你吧？」

其實今天他也沒有「吵醒」列維，是列維還未睡熟而已。

列維皺眉，「如果你把『一起住雙人房』定義為『一起睡過』，那你的生活還真乏味。」

萊爾德笑了笑，好像這笑話不是他自己引起的一樣。列維不禁想到一個理論：主動發笑能夠化解尷尬，更能驅趕恐懼。

「如果你仍然在被下午發生的事影響，這也沒什麼，很正常。」列維看著他的背影說，「我還沒睡著，如果睡著了，可能我也會做惡夢。今天我們看見的東西……那實在是……」

「但我們還會繼續找它，對吧？」萊爾德說。

列維輕笑，「對。除非你嚇得不敢繼續了，那時就放棄吧。我倒十分希望你趕快放棄，快點滾出我的生活。」

「你哪有生活啊？」萊爾德毫不客氣地回敬，「你只有工作，沒有生活、沒有娛樂、沒有度假、沒有愛好、沒有老婆、沒有房產、沒有狗、沒有貓……」

列維又發現一個新知識：做完惡夢的萊爾德比平時更討人嫌。

「難道你就有這些？」他問。

「比你強一些，我有愛好，還有房子。」

「真的？」

「這麼吃驚嗎？」萊爾德的語氣已經十分放鬆，但在說話時仍然不願回頭，「我真的有房子。外祖母去世後，把房子留給我了，雖然我基本上沒怎麼住。」

列維說：「不，我是吃驚於你竟然有愛好。你有什麼愛好？」

萊爾德挺直了背，清了清喉嚨，「我不僅是靈媒、驅魔師，還是巫術歷史學家、自由撰稿人、探險家、神祕學研究者……你覺得我有什麼愛好？」

「這不叫愛好。」列維重新抖開被子鑽進去。萊爾德則站起來，慢慢踱進了浴室。好幾分鐘過去了。萊爾德沒開蓮蓬頭，沒上廁所，也不知他在裡面做些什麼……

這旅館的房間挺小的，列維能聽出來這些動靜。

列維又一次爬起來，去敲了敲浴室的門。這次萊爾德反鎖了門。

裡面傳來萊爾德吸了一口氣的聲音，「稍等，我這就好。」

「你在幹什麼？」列維問。

水龍頭被打開了，大概是萊爾德在洗臉。「沒什麼，靜靜心而已，」說著，萊爾德開門出來，「不要誤會，我並沒有在打飛機。」

列維沒理會這句刻意的輕浮話，而是皺眉盯著萊爾德。

近距離看時，即使光線昏暗，列維也能看出他的眼睛紅紅的，鼻翼也有些發紅……這人竟然躲在浴室裡偷偷哭，還把聲音壓到最小。

萊爾德有點繃不住，側過身去，抓了抓頭髮，「你怎麼了？是在關心精神病人的健康嗎？」

「就算是吧。」列維說，「說真的，你真的沒事？如果你需要什麼幫助，不用不好意思。雖然你這個人很麻煩，但在舉手之勞的事情上我不介意幫忙。」

萊爾德噗哧一笑，「哦？這麼貼心啊？那你給我個溫暖的擁抱？」

列維挑挑眉，伸手抓住他的肩膀，一把攬進懷裡。

萊爾德嚇呆了。在被擁抱住之後，才反應過來發生了什麼。

他像觸電一樣躲開了，列維當然也沒挽留。

「你認真的？」萊爾德立刻露出誇張的笑容，「我還以為你這種刻薄冷酷的人根本不懂什麼叫『溫暖的擁抱』呢！」

列維看著他，「怎麼？你嫌不夠暖？我說了，舉手之勞而已。」

萊爾德繞過他，回到自己床上，用僵屍般的姿勢倒了上去。

「我開個玩笑而已，沒想到你還真是個肉麻的人，」他把被子拉起來，蓋過頭，但露出雙手，一手舉起來比了個大拇指，「好啦，晚安！」

憑列維對萊爾德的瞭解，他幹這種多餘而莫名其妙的事情時，多半是在掩飾什麼東西。

列維搖頭笑了笑，從背包裡翻出一小瓶藥，「晚安。對了，你要不要也來一片這個？能舒服點。」

「威而鋼？」

「去你的。褪黑激素。」

萊爾德翻身背對他，擺了擺手，「不啦，褪黑激素也治不了做惡夢。」

躺在床上，睡意漸濃時，列維無意識地回味起剛才萊爾德的反應。躲起來偷偷哭也好，不尋求幫助也好，這些都挺好理解的，男人裡十個有八個都這樣；但被人擁抱時迅速躲開，這就有點古怪了。

一般人就算是面對有些尷尬的、虛情假意的擁抱，也起碼會敷衍地互相拍拍背。就算是恐同者，就算是風俗不一樣的外國人，也不至於像怕被傳染疾病一樣迅速躲開。

萊爾德能與人正常溝通，但排斥肢體接觸？是他小時候經歷過什麼嗎？是療養院的人對他做了什麼？還是……門裡的某種東西對他做了什麼？

意識有些模糊的時候，列維想翻個身，看看萊爾德睡著了沒有，會不會又偷偷窩在被子裡陷入一些異常的情緒……但睡意洶湧地襲來，最終他也沒有真的去看。

天濛濛亮的時候，萊爾德的手機響了起來。

他趴在被窩裡接起電話，連眼睛都不睜，幾秒後，他迅速清醒過來，猛地坐起身。

「昨天早晨？」他用肩膀夾著電話，邊說邊下床收拾東西，「都過去一天了？不，我當然也不知道……哦，不會，他不會和我聯繫，他根本沒記我的電話……其他人呢？他有女朋友什麼的嗎？」

他就這樣夾著電話去了浴室，回來的時候，他已經換好了衣服——平時喜歡穿的那套黑長袍。又說了幾句後，通話暫時結束，他垮著肩膀坐回床上，正好與已經起床的列維對視。

「怎麼了？」列維問。

「我爸打來的，」萊爾德的表情很微妙，讓人說不出到底是焦慮還是激動，「傑瑞不見了。」

「難道是昨天中午……」列維想起了他們在米莎的房間看到「門」的時候。

萊爾德說：「不是中午，是昨天早晨。我爸起得早，洗漱的時候還看見傑瑞了，然後等我爸再想找他，他就不見了。不在房間裡，不在家中任何地方，沒有帶走書包什麼的，身上還穿著睡衣……他倒是帶了手機，但手機打不通。」

「你爸有沒有問過那個叫肖恩的孩子？」

「問了。肖恩也不見了。他是單親家庭，母親在醫院工作，那晚她正好在值班。白天回家之後，她還以為肖恩只是出去玩了，所以根本沒找他。直到下午我爸打電話過去問傑瑞的事，她聯繫不上肖恩，才發現肖恩也不見了。」

列維思索著，「你剛才說傑瑞帶了手機……那他應該不是在突發事件中失蹤的，可能是自己偷偷離家出走了。」

「不不！他帶了手機才糟糕！」萊爾德說，「你想啊……他一直希望拍到有趣的東西，好賣給電視臺。」

這麼一說，列維也意識到了，「他穿著睡衣，拿著手機……也就是說，他大概是看到了某種必須拍下來的東西，然後失蹤了……我們回松鼠鎮？」

萊爾德點點頭，「嗯，回松鼠鎮。」

他們飛快地收拾了本來也不多的行李，一大早就退房離開了聖卡德市。

列維總覺得有哪裡不對勁。是時間太早，路上車子太少，視野過於開闊？還是萊爾德的頭髮凌亂地散著，沒有像從前那樣向後梳平？

直到開出城，列維才意識到「不對勁」在哪裡——今天的萊爾德十分安靜，沒有扮演導航系統，沒有指責他多繞了一個社區，沒有反對超車，沒有玩遮陽板和音響，沒有在置物箱裡翻找食物……

萊爾德一直捧著手機，翻看之前拍下的安琪拉的日記。

上了公路後，列維說：「我還是覺得，也許傑瑞只是在做什麼別的蠢事，不見得是遇見了『門』。」

「怎麼說？」萊爾德仍然盯著手機。

列維說：「他在嬰兒時期就近距離接觸過『不協之門』，然後這麼多年過去了，直到上個月才又一次清晰地直面它。你也說過，他的感知挺遲鈍的，甚至還不如肖恩。他不是米莎那種敏銳的類型。只要看不見，就不會有走進去的風險，不是嗎？」

萊爾德終於放下手機，「不對，你想想安琪拉。她一開始也只是感知稍稍敏銳，而不是像米莎那樣隨時會看見『門』的實體。她在我家工作的時候，經常能聽到或者感覺到一些東西，直到那天，她才真正清楚地看見『門』……再之後，你看她怎麼樣了？她感知到、看到『門』的次數越來越多，到最後它們幾乎變成了她生活中的一部分……」

萊爾德正好讀到其中一段筆記，列維沒辦法看螢幕，他就複述給列維聽：「她說，她之所以不願意出門，是因為害怕在陌生的地方迷失到另一個世界去。在家裡，她能記住哪個是真正的門，哪個是不該看的門。但在陌生的街道上，她覺得自己會直接走進別的世界……她去醫院探望女兒的那次就是，她分不清該往哪走。你看，她曾經也是看不見這些的，活到六十多歲才開始察覺。一次察覺，就會繼續察覺，察覺得越多，迷失得越深……你還記得嗎?我們在米莎家的時候，米莎喊著不准其他小孩玩捉迷藏，讓我們上樓去找那些孩子，米莎對我喊了一句話……」

列維說：「我記得。她說『別去注意看』。」

萊爾德說：「就是這樣了。傑瑞從前看不見，不代表後來也看不見。更何況還有肖恩在呢，肖恩很敏銳，我們都沒感覺到的動靜，他能先感覺到。如果他們兩個在一起，只要他能看見，傑瑞就一定也會看見。」

萊爾德這麼一說，列維想起一些現象。在從前所有疑似「不協之門」的目擊記錄中，當事人們的證詞通常十分統一。也就是說，如果一群人同在一個地方，只要他們之中有人看見了「門」，那麼在場且未被遮擋視線的其他人就基本上也能看見。

這就好像……你天天路過某個地方，你只是正常地走路，從未注意過路旁都有些什麼東西。某一天，同路人突然指給你看：那有個舊郵筒。於是，等你再路過這裡的時候，就每次都能留意到郵筒了。

米莎與她父母的情況則有些特殊。安琪拉教過她如何對待那些「門」，所以米莎從來沒有把自己看到的東西明示給父母。即使她正盯著它，她也不會告訴媽媽「那裡有一扇門」。

無法察覺，就不會被迷惑……就如辛朋鎮倖存下來的某些人：癱瘓失能者，剛滿月的嬰兒……

想著這些，列維說：「但你好像不是這樣。你也見過『門』幾次了，但你完全沒有變得更敏銳，更沒有變成安琪拉或者米莎那樣……至少你還有多餘的精力假裝驅魔人呢。」

萊爾德笑了一下，「確實。我也覺得這一點很奇怪……我和傑瑞都不是敏銳的類型，甚至，我可能比一般人還遲鈍。我進過門，還看見過它不只一次，像我這樣的人，本應該變得和米莎一樣才對……可我竟然還得主動去尋找它們，好不容易才能碰巧看見一次。」

「以前你是怎麼找它的？」列維問。

「反正不是靠跟蹤你，真的不是。」

列維已經不只一次被他氣笑了，「我沒問這方面。我是說，如果你到了某個可能出事的地方，但沒看到門，這時你該怎麼辦？你說可以借助疼痛和輕微的意識模糊來集中注意力……難道每次都要找個人打你？」

萊爾德沒有馬上回答，甚至沒有馬上用油腔滑調的言辭反駁……這讓列維懷疑自己會不會說對了，難道他真的每次都需要被人打？

想了片刻之後，萊爾德說：「你倒是提醒了我，這也是個辦法……可惜的是，我並不是總能追蹤到這類事件，沒那麼多人有機會打我。更多的時候，我跟著一條線索查了半天，最後發現只是百年老屋子裡有密室，而且還把浣熊困在了裡面。」

列維笑了笑。萊爾德又查看了一下手機，說：「今天你得做好準備。」

「什麼準備？」列維問。

「如果情況需要的話，你還得負責打我，」萊爾德說，「我得承認，之前那次你打得非常好。輕重適中，很他媽的痛……但又不會痛到神志不清。」

列維說：「這是我收過的最奇怪的讚美。」

萊爾德摸了摸肚子：「不過……這次如果還要打，你能不能換個地方打？我肋骨下面瘀血得很厲害，短期內真的不行再來一下，我可能會吐給你看。」

列維眼睛盯著前方的路，腦子裡卻在想像萊爾德腰上的瘀血到底是什麼樣子。

他搖搖頭，「我們的這段交談真的是太奇怪了……史無前例的奇怪。好吧，我想想別的方式……」

萊爾德靠在車窗上，「嗯，你可以提前構思一下。」

SEEK NO EVIL

CHAPTER SIX

【夜幕內】

今天是星期一。尼克負責送米莎上學，瑟西要去繼續處理安琪拉的後事。

瑟西仍然沒有把安琪拉去世的消息告訴米莎。她隱約覺得，也許米莎可以承受得住……雖然米莎非常喜歡安琪拉祖母，但畢竟她還小，這個年紀的孩子雖然能懂什麼是死亡，卻還不太能分清死亡與別離。她會難過，可這種難過不如大人們的強烈。也許要等她再長大一點，等到她完全明白了何謂永別，那時她再想起安琪拉，更巨大的悲傷才會湧上心頭。

就算不想說，瑟西也得開始考慮如何與米莎談這件事了，今天親友們都得知了安琪拉去世的消息，葬禮的時間也已經定下來了。她再怎麼拖，葬禮時米莎也必須和安琪拉告別。看著米莎的眼睛時，瑟西不想對她說出任何負面消息。那雙眼裡氤氳著與年齡不符的疲憊，而瑟西又不知道該如何化解它。

萊爾德給瑟西的建議是，只要相信米莎，米莎就可以挺過去。等她長大一些，那不知名的東西就會放過她……他說得挺認真的，不像是隨便安慰人。瑟西一方面願意這樣相信，一方面又擔心是否這樣就足夠……只要把一切交給米莎來判斷就可以？她才剛過七歲，真的能夠保護自己嗎？

中午過後，瑟西辦完了事，她開車回聖卡德市，順便到學校去等著米莎放學。米莎很少在校內逗留，可今天瑟西等了二十多分鐘，米莎還沒出來。瑟西打算進學校去找找。她剛離開車子，一位眼熟的老師正好走過來：「妳是米莎．特拉多的母親？」

送米莎入學的時候，瑟西在班上見過這位老師。她瞬間提心吊膽起來，小心地問米莎是否出了什麼事情。老師露出為難的表情，「她沒事，只是有點鬧脾氣。我本想打電話給妳，後來想到也許妳就在外面……跟我來吧。」

瑟西大概能明白「鬧脾氣」的意思。和別的小孩比，米莎有很多奇怪的地方，學校也為此專門和她談過幾次。普通的老師能對米莎有耐心就已經很好了，他們確實不知道該怎麼應付。

老師把瑟西帶到一間教室，看起來是上自然科學之類課程的地方。米莎坐在教室中心的位置上，已經收拾好了書包，卻完全沒有要站起來的意思。

瑟西出現在走廊裡的時候，米莎已經看到她了。原本米莎一直盯著玻璃窗外的走廊，但當看到媽媽時，她立刻移開了目光，改為低頭盯著桌面。

「她不肯出來，」老師說，「別的學生都走了，她無論如何都不肯出來。我問為什麼，她說沒什麼原因，只是要等一等。我忍不住想，會不會是有學生欺負她，她害怕半路被他們攔住……」

「真的嗎？」瑟西連忙問。

老師搖搖頭，「我們學校在這方面的監管很嚴格，應該不會有霸凌事件，而且她也從沒有受傷或畏懼其他同學……我只是覺得，應該考慮到這個可能性，於是我問她，如果妳害怕一個人走，那我帶妳一起出去好不好？我帶妳去找妳的家長……可她仍然不願意。她還挺冷靜地跟我解釋說，『我真的會走的，只是要再等一等，妳不用管我了』……」

瑟西說想慢慢和女兒談。老師表示理解，並暫時離開了。

米莎看了她一眼，又迅速移開了目光。瑟西剛才就注意到了，當她出現在走廊上，並且能夠看清教室中的米莎時，她們的目光立刻就對上了，因為米莎一直在盯著玻璃外，在看到瑟西與老師之後，她才改為盯著室內。

在瑟西與老師交談時，米莎又向這邊瞥了幾次，每次都稍微看一眼就收回目光。

瑟西沒有立刻走進教室。她轉過身，看著整條走廊。米莎不是在看她。米莎到底在看什麼？

瑟西走進教室時，大約是兩點四十五分。

與此同時，在松鼠鎮的凱茨家門口，列維．卡拉澤發現可以從側面窗臺爬上門廊，再翻進二樓的一個房間。那房間的窗戶沒鎖住。他們之所以打算翻窗闖入，是因為萊爾德根本沒有這個「家」的鑰匙。

大約兩小時前，兩人抵達了松鼠鎮。凱茨先生並不在家。萊爾德打了電話給他，他說自己正和當地警方一起行動，在鎮外的一片開闊林地中搜尋。這片林地很受鎮上青少年的歡迎，總有人來這裡開露營派對，或者做一些警方和家長都不怎麼支持的事情。

父親沒說太多就掛上了電話，萊爾德也沒提自己就在家門口。一旁的列維忍不住說：「他到底想不想讓你幫忙？」

「他不想，」萊爾德收起手機，「而且他也不認為我能幫什麼忙。他只是需要告訴我……對我說這件事，大概能讓他好受一點。」

列維沒太明白，「為什麼？」

「因為我也失蹤過，」萊爾德說，「我和我媽媽當年也是這樣……穿著家居服，沒帶任何財物，毫無預兆地從家裡失蹤。除了年齡以外，傑瑞的失蹤和我那時非常相似。不管怎麼說，最後我回來了，所以傑瑞也有可能回來……我猜，我爸心裡想著這一點，就想聽聽我的聲音。這會讓他感覺好一點。」

列維說：「但是你媽媽並沒有回來。」

萊爾德不滿地蹙眉，「你能不能別這麼冷酷，是想看我悲傷得哭出來嗎？」他說完，從手提箱裡拿出另一支手機。列維看得出，那東西並不是手機，只是造型像而已。

萊爾德也不在意他的目光，直接解鎖了螢幕。螢幕上的畫面有點像衛星地圖，但比常見的地圖多了很多彩色線條，也不知是做什麼用的。列維直接問他這是什麼東西。如果這是機密，萊爾德會酌情胡說八道的。

萊爾德回答：「這是個終端機。能顯示一定距離內被監控者的位置。」

他慢慢繞著房子走，列維跟在他身邊。「被監控者是指什麼？」列維問，「比如昨天我們看到的……那個生物？」

萊爾德說：「對，我給它注射的東西，就是為了這個。」

「只有你一個人負責監控她？」

化。

「當然不是……但不要問我還有誰。」

列維了然地點點頭。他跟著萊爾德走了一圈，萊爾德的表情和儀器螢幕都毫無變化。

「現在我們做什麼？」列維問，「開始打你嗎？」

「不，先去肖恩家看看。」

他們很快就找到了肖恩家。是萊爾德帶的路。在更早之前，萊爾德與肖恩並不認識。列維想，既然這人都能跟蹤學會的獵犬，查一個學生的地址當然更簡單了。

肖恩家沒人，屋裡有一隻狂吠的狗。於是他們又返回凱茨家，尋思著要不然想辦法進屋看看。

列維看了下手表，大約兩點四十五分。街上挺安靜的，居民不是在午休，就是外出還未歸來。他觀察了一下房子，在側面找到了一條能夠順利翻窗進屋的路線。他不知道的是，肖恩也是熟練利用這條路線的老手。

翻進窗戶裡之後，列維看出來這是傑瑞的房間。角落裡有一雙運動鞋，大小明顯和傑瑞的身形不符，更像是肖恩的鞋子。列維嘖嘖搖頭。據說凱茨先生表示不知道這兩個孩子是分別失蹤還是一起失蹤，顯然，他連自己兒子穿多大的鞋都沒注意過。

萊爾德沒有爬窗的好身手，所以要由列維先進屋，然後去幫他開門。進門後，萊爾德沒有先上樓，而是直奔書房。他熟練地喚醒一臺有密碼的電腦，熟練地找到了錄製並重放室內監控的軟體，然後不知從哪摸出一支隨身碟，插上電腦，開始熟練地用隨身碟內的工具對監控影片動手腳。列維站在一旁抱臂看著，都懶得問「為什麼你知道電腦密碼」這種小事了，畢竟這只是個普通的家用電腦。

「我們真的是到了你家嗎？」列維說，「為什麼這氣氛更像是在潛入機密組織？」

萊爾德說：「我是為了避免麻煩。如果有人調看今天的監控，會發現我在沒有鑰匙的情況下帶著一個可疑的男人在家裡逛……我可不想再花精力和資源應付這些。」

說話之間，萊爾德已經做完了該做的事。顯然，那支隨身碟裡有某種隱祕而便利的小工具，他並不需要費太多時間去親自剪輯影片。

列維說：「這事已經涉及到你們整個家庭了。你不打算對你父親實話實說？」

「不打算，」萊爾德說，「知道『不協之門』的人越少越好。就像米莎說的一樣，你能看到它，它就也能看到你。」

列維裡裡外外地搜查了一下凱茨家，萊爾德留在書房，調看之前的監視器錄影。之前凱茨先生已經草草地看過一次了，但他只流覽了白天的部分，也就是他早上見到傑瑞之後的錄影，他根本沒往前翻看……清晨時傑瑞還在家中，他認為沒必要查看天亮之前的部分。

警方早晚會拿走這些錄影，那時想再找來看可就不方便了。萊爾德得抓緊時間尋找不尋常的東西。

他很容易就找到了。某人低著頭，穿著戴頭套的恐龍睡衣，穿過走廊，進入浴室，然後是凱茨先生，再來是傑瑞……接著，凱茨先生離開了浴室，傑瑞沒離開。

傑瑞一直沒有離開。那個穿恐龍睡衣的孩子——當然那肯定是肖恩——也沒有再出現過。

萊爾德把列維叫了過來。交換情報之後，兩人來到二樓浴室。浴室裡毫無異常，萊爾德手裡那個不知名的監控終端機也沒什麼反應。

萊爾德對著鏡子摘下眼鏡。今天他戴的是那副有掛鍊的金框眼鏡。

「要不然，我們試試……那個？」

列維問：「『那個』是哪個？」

「就是，你來協助我提高感知能力……」萊爾德說。

「哦，當然可以，」列維說，「問題是，你現在有察覺到什麼東西嗎？如果根本沒有，也許試了也是白試，你只會毫無意義地受罪而已。」

上次是肖恩先有所察覺的，列維和萊爾德都有點遲鈍。萊爾德思考片刻，說：「還是試試吧。萬一有用呢？再說了，你只是讓我痛，又不是要殺我，就算沒用也不會耽誤什麼事……就這麼決定了，來吧，隨心所欲吧！」

列維略嫌棄地看著他。

萊爾德說：「我的意思是讓你發揮創意，我哪知道你想怎麼做？」

列維把背包放在洗手臺上，「我在路上考慮了一下，得不傷及內臟和骨頭，還不能讓你長時間無法恢復。我覺得……鞭子那類東西就好。你認為呢？」

「可以，」萊爾德說，「但是，你是變態嗎？還隨身帶著鞭子？」

「不，我當然沒有鞭子。」說著，列維一手按在腰間，「用皮帶吧。當然是沒有釦環的那邊。你得把……」他移開視線，艱難地說，「你最好……把褲子脫一下。」

萊爾德把手提箱靠著櫃子放好，背對他站著：「不必了吧，你直接打我就好。」

列維解釋說：「不，不能這樣。你想要的是比較強烈的疼痛，而不是什麼奇怪的情趣，那麼……我就需要下手稍重一些。這可能會造成一定程度的皮膚出血，如果你身上有衣物，衣物會和傷痕黏連在一起。」

其實列維說到一半就想起來了，萊爾德大概不會願意脫衣服。在旅館的時候，他推開浴室的門，萊爾德便迅速跳進了浴簾後面，動作快得令人印象深刻。

萊爾德想了想，彎下腰，捲起了褲管。「不然，小腿後面怎麼樣……」他說，「這裡肉也挺多的……」

他把一條大浴巾疊好放在地上，背對著列維跪上去，褲子捲到膝蓋處。

列維把皮帶「啪」的一聲拽出來。他本來不想弄出聲音的，這樣太奇怪了。這聲「啪」純屬手滑……

萊爾德輕輕抖了一下，立刻語氣輕鬆地說：「我準備好啦。」

列維捏了捏眉心，在手上捲好皮帶，調整到感覺合適的長度。「萊爾德，我得跟你說清楚，」他說，「上次我挺痛快地給了你一拳，因為我多少受過一點徒手格鬥的訓練，也算是打過幾場架，所以下手能把握輕重……但我可從來沒學過如何用皮帶打人的小腿。說真的，我還是建議你用……」列維頓了頓，找到正經些的說法，「我是覺得，人的臀部和大腿更安全一點。」

萊爾德回頭，用難以置信的眼神看著他，「什麼，難道你專門學過如何鞭打別人的臀部和大腿？」

「當然沒有！」列維發現自己還真有點想毆打這個人了，「你是真的聽不懂我的意思嗎？」

「我懂、我懂，列維．卡拉澤醫生正在進行術前風險說明。」

「差不多吧。」

「我明白，沒事的。好了，我們都專心點，來吧。」

說完，萊爾德深呼吸了兩次，低頭閉上眼。

與此同時，在聖卡德市的某所學校裡。

瑟西蹲在米莎面前與她溝通。米莎仍然拒絕離開，甚至拒絕從座位上站起來。

母女倆說話的時候，剛才的老師帶著一個年長些的女性走過來，隔著玻璃看著她們，低聲交談了幾句就又走開了。瑟西意識到，老師們可能是對米莎的古怪行為有了新的猜測：這孩子害怕的也許不是校園霸凌，她肯定是不願意回家……一個沒參加任何課後活動的低年級小孩，她不願回家，不肯跟媽媽走，還能是什麼原因？顯然她害怕的「某人」就在她家裡，甚至就在她面前……

雖然有些被害妄想的意味，但瑟西還是有些痛心和急躁。

瑟西拉起女兒的一隻手，「我知道妳在害怕某種東西。這樣吧，我保護著妳走出去，好不好？」

米莎四下看看，搖了搖頭，「不行，我覺得她還在附近……」

瑟西問：「她到底在哪？妳指給我看。」

米莎低下頭，「不行。如果我們一起出去，萬一她來了，而且我看到了，那時妳就也會……」

「那不是正好嗎？媽媽會狠狠揍她的。」

米莎看向她，無力地嘆了一口氣，「妳根本不相信我，所以妳才會這樣說。」

瑟西一時語塞。她有自信能明白女兒的心思，反而是女兒沒有相信她的決心。

「我是認真的，」瑟西拉著米莎，一起站起身，「我不是在敷衍妳，更不是在玩『媽媽看過啦，櫃子裡沒有怪物』這一套糊弄小孩的把戲，我知道妳已經不是那個年紀了。米莎，我是認真的，無論威脅到妳的是什麼，我都會不顧一切地保護妳。」

米莎沉默了一會，輕輕點了點頭，似乎是被媽媽堅定的眼神說服了。瑟西摸了摸米莎的頭，拉著她的手一起走出教室。

米莎走在瑟西身後，幾乎緊貼在她身上。剛走出去幾步，米莎突然用力拉住了瑟西。瑟西低頭一看，女兒把頭偏到一邊，臉色蒼白。

「她來了……她來了……」米莎小聲說。

「誰？」瑟西四下看了看，走廊沒有任何異常，「『她』在哪？」

瑟西問了，米莎卻不回答，只是垂著視線，咬住嘴唇。瑟西很熟悉女兒的小表情，這表情代表她知道某件事，只是不願意說。

這時，有兩個老師邊交談邊從她們身邊經過，還有幾個高年級學生跑下樓梯，停留在走廊拐角等著另一名同伴。嘈雜比安靜更令人安心，瑟西看向那些人，鬆了口氣。

「妳看，沒事的，」瑟西拉緊米莎的手，堅定地向出口走去，「我們快點走，快點到車上就好了……」

米莎被拖著踉蹌了幾步，不得不跟上母親的步伐。瑟西本以為一切順利，這時米莎突然掙扎著尖叫起來。

路過的學生和已走遠的老師都停住了腳步，震驚地盯著母女倆。瑟西手足無措，恐懼、委屈與悲傷一齊襲上心頭，顯然，其他人看到的是一個發瘋的母親，和一個被嚇壞了的小孩。

瑟西回過頭，彎下腰，想去安撫女兒，沒想到卻看見了令她終生難忘的眼神。

絕望，厭惡，恐懼到極點，喘息聲輕而急促，似乎被驚嚇得忘記了如何呼吸……養育米莎七年，瑟西從未在她臉上看到過這樣的表情。

正因如此，她順著米莎的目光，慢慢轉身。

老師和高年級學生們都不見了，連走廊的轉角也不見了。擋在瑟西身後的，是一堵近在咫尺的牆壁。

牆壁由光滑的石磚砌成，磚縫裡長著青苔，牆上有個圓圓的洞，有些像水泥管的截面。漆黑的洞口裡，慢慢滑出一隻蒼白的手臂。

瑟西渾身寒透，完全無法動彈。在她愣住的這一刻，另一隻手也從洞口伸了出來。它們一左一右撐住牆壁，黑暗深處傳出一陣陣摩擦聲。

它想爬出來。

米莎猛拉了一下瑟西，瑟西這才回過神來。她回身抱起女兒，拔腿向走廊另一頭狂奔。

就在她轉身的時候，那蒼白的手臂向前撈了一下。它碰到了瑟西的肩頭，但沒能抓住她，只扯下了幾根頭髮。

下午三點二十七分，萊爾德帶來的小型儀器突然發出高音頻的警報聲。

在此之前，萊爾德的小腿挨了幾下。第一下的時候，他慘叫一聲，然後堅定地說不夠痛，不管用，不足以把他的意識與現實割離開來。列維心裡直犯愁，皮帶不好控制，下手輕了不行，重了又怕失手……畢竟小腿和腳踝那麼近，萊爾德腿上的皮肉也不夠厚實。

又幾下打下來之後，萊爾德倒吸一口涼氣。疼痛從腿上蔓延開來，大腦在那瞬間一片空白，除了「痛」以外，什麼資訊也處理不過來。

他瞇著眼睛，感覺到遠處有東西正在移動。雖然看不見，但他知道有東西在那裡。它無聲地緩緩蠕動，巨大的身形呈現出一種縮緊的姿態……猶如強壯的雌獅潛伏在草叢後，盯著步履蹣跚的蹬羚幼獸。

終端機的警報聲突然響起，把他從狩獵現場拉回了浴室地磚上。

他睜開眼睛，想抓住放在洗手臺上的儀器，卻雙腳一軟，差點把下巴撞在洗手臺上。幸好列維扶住了他，沒讓他真的摔倒。

列維讓他向後坐在浴缸邊緣。從這個角度看不清萊爾德的腿，只能從側面隱隱看到血痕，列維默默替萊爾德後悔——你這幾下算是全都白挨了。

「它不在這！」萊爾德調試著儀器，「這只是統一示警，不是我這臺儀器偵測到的……它出現了，它來了，但它不在這！」

列維問：「那她在哪？這警報能調小聲點嗎？整條街都要聽見了。」

「能調小，我這就調……目前還不知道它在哪，精準定位需要一點時間，一旦他們定位住它了，我也能收到通知。」

「他們？」列維挑眉。

「世上有和你一樣的人，也有和我一樣的人，你明白的。」

萊爾德撐著浴缸要站起來，又因為火辣辣的傷痕頓了頓，瞇著眼「嘶」了一聲。

「把箱子給我。」他伸出手。

列維把銀色手提箱交給他，他將它放在膝上打開，取出一只細長的小盒子。列維向箱子裡瞟了一眼，看不出什麼名堂，大多數東西上面都有絨布防塵袋。

萊爾德打開小盒子後，列維立刻認出了這東西——又一支無針頭脈衝注射器，和萊爾德上次用的那支一樣。

「你要幹什麼？」列維盯著它。

萊爾德把它對準自己的手臂，迅速而準確地將內容物推入。做完這些之後，他一臉愉快地回答：「我要為將來的事做好準備。」

「準備什麼？」

「進『門』裡面去……如果有機會的話。萬一我進去了，而且還能回來，我需要讓那些朋友能夠追蹤我、找到我……」

「你這麼快就準備要進去了？」列維搖搖頭，「你都還沒看見它。」

萊爾德收拾好東西，把箱子抱在懷裡，「很快就會有機會的……之前我們猜測過，也許世上所有的『門』都是同時存在的，就像月亮一直在地球周圍一樣，區別只是人們何時看見它、在何地看見它……如果真是這樣，那麼既然『伊蓮娜』被監測到了，就說明『門』又清晰地出現了，即使她不在我附近，我附近也會有其他的『門』……」

剛才萊爾德語速很快，似乎越說越激動，說到最後，他深吸一口氣說：「快點！列維！」

「快點幹什麼？」列維問。

「繼續打我。」

列維看了一眼他捲起褲管的雙腿。

「按照我們之前的推測，只要你能看見『門』，並且提示了我，我就也會看見它，對吧？」列維問。

「應該是的……」萊爾德把終端機揣進長袍口袋，扶著浴缸邊緣，又準備跪回浴巾上。

列維按住他的肩：「等等，我覺得皮帶不怎麼樣。要嘛不夠痛，要嘛可能會抽爛你的皮膚，那可很難清理。」

「我不在意。」萊爾德說。

「不，我想到更快捷的方式了……剛才我怎麼沒想起來呢？」列維說著，在背包裡翻找起來。

「你想起什麼了？」

「萊爾德，你坐進浴缸裡去。塞子拔掉。」

雖然心有疑惑，萊爾德還是聽話地坐了進去，「塞子拔掉了，要放水嗎？」

「不放水。你坐著就好。」

列維說完，轉過身，手裡赫然拿著一支電擊器。

萊爾德盯著它，「我……我覺得不太好吧……這東西可能會讓我昏過去的。昏過去就什麼也感覺不到了。」

「不會，這個可以調節強度。」列維說。他打開開關試了試，電極上打出「劈啪」的冷色火花。

萊爾德看得一抖，「那好吧……不過，為什麼非要我坐進浴缸裡？」

「有兩個原因，」列維說，「第一，在外面你容易摔傷，第二，你可能會失禁……我想說，你最好把褲子脫掉，但我猜你可能不願意。」

瑟西抱著米莎，一路狂奔出學校。她顧不得別人的目光，只想著趕快回到車子上。米莎臉朝後，雙手摟著她的脖子，一直在發抖。瑟西不敢回頭看，也許米莎是在盯著什麼……

回到車裡，瑟西趴在方向盤上喘了好一會。米莎默默扣好安全帶，向四周看了看，臉色也好了一些。

緩了一下後，瑟西抬起頭，「米莎……妳每天都會看見那個？」

「不是每天，只是經常而已。」米莎說。

瑟西雙手捂住臉。她很想立刻放聲尖叫，瘋狂地哭上幾分鐘，但在米莎身邊，她不能這樣做。

「對不起……對不起，米莎……」她擦著眼淚，顧不得睫毛上一片泥濘，「我沒能好好保護妳……」

米莎搖了搖頭，「從前安琪拉外婆能保護我，現在不行了。」

這話讓瑟西一愣，米莎明明還不知道安琪拉的死訊。「她……怎麼保護妳？」瑟西問，並故意避開關於「現在不行了」的部分。

米莎說：「她和我一樣，能看得很清楚。她教我怎麼分辨不可以進去的門，教我怎麼對你們說這些……她也見過伊蓮娜，還讓她不要一直找我。」

瑟西心裡發寒。假如沒有安琪拉，也許米莎早就被那個東西帶走了……

米莎又說：「但最近……我總會看到伊蓮娜，比從前還多。外婆沒有告訴我該怎麼辦。」

瑟西問：「外婆她……知道那個東西有什麼目的嗎？」

米莎搖搖頭，「我們都不知道。外婆說這些事都是意外，我小時候不小心看到了，於是伊蓮娜也看到了我。如果我看不見那些門，她就永遠也不會找到我。」

瑟西側身輕輕抱了一下女兒，決定先回家。

她穩住心情，發動車子，下午的陽光和人來人往的街道為她洗去了一些恐懼。在路上她想著：我得把今天經歷的事情告訴尼克，還得打通電話給萊爾德與列維，和他們溝通一下，也許他們能幫上忙……

十多分鐘後，車子拐出熟悉的路口。道路前方出現了一堆穿制服的人，還設了隔離帶和路障。瑟西慢慢停下來，一名交警告訴她前面出了重大事故，暫時封路，她得從別處繞行了。

得知瑟西要去的方向後，交警告訴她：「調頭到上個路口右轉，有條路很近，不用從市中心繞。」

瑟西接受了他的提議。開過去之後她才發現，這是一條穿過河畔社區的僻靜小路。她沒從這裡走過，但能夠按照方向大致判斷出路線。一路向西，離開比較安靜的住宅區，應該能到大賣場對面的路上，找個地方調一次頭，回到賣場前再右轉，應該就能走上熟悉的路了。

這一帶位於舊城區，有不少看起來滿有歷史感的建築，連樹籬和柵欄都是古典風格。街區盡頭靠著一座小山，山上樹木茂密，林間掩著不只一棟老房子。聖卡德市有不少這樣的地方，一條街道路兩側都是樹林坡地。道路在小丘下繼續延伸，在上山的小徑旁開出一條隧道。隧道短而寬，中間包括了車道與人行道，入口看起來像大山之間的公路隧道，和附近的復古景觀有些格格不入。

瑟西猜測著，也許附近的房子蓋得太早，後來城市建設時這裡變成了死路，既然不能拆房子也不能搬山，小丘坡度也不適合行車，那麼道路就只好這樣處理了。

駛近之後，能從隧道這邊看到另一頭的街景。瑟西判斷得沒錯，開過去後就是另一條街了，拐個彎就是她熟悉的賣場。

「媽媽……」米莎忽然虛弱地叫她。

瑟西心中警鈴大作，「怎麼……妳看到什麼了嗎？」

米莎抱著自己的書包，縮著肩膀，「不……沒有。但我覺得怪怪的……」

瑟西放緩車速，仔細看了看四周，沒有發現什麼怪東西。她問：「妳認得『露西家甜甜圈』嗎？」

「認得。」這是米莎一直想進去的店，就在那家賣場旁邊。

「出了隧道就是三號大街了，『露西家甜甜圈』就在那附近，妳想進去看看嗎？」

「想！」米莎立刻喜笑顏開。

車子駛入了隧道。米莎想著那條街，看著黑暗另一頭的陽光。

突然，世界一片漆黑。

說出來可能沒人信。列維攜帶的一切武器與工具都只是用來保護自己的，絕對不是為了進行拷問和威懾。

他有小刀、多功能工具刀、電擊器、手槍、大口徑左輪手槍；他車上還有軍工鏟、戶外淨水器、鋼絲鋸、登山繩……他之所以準備這麼多工具，是因為獵犬並非一直在安全的城鎮裡行動。獵犬們到處奔波，尋找傳說中的澤西惡魔，探訪森林深處的古代祭壇，在人煙稀少的針葉林裡追蹤腳印，深入廢棄已久的礦坑尋找屍體……

在學會的歷史中，獵犬的犧牲人數最多。雖然學會認為這是正常的付出，但並不願看到悲劇過於頻繁地發生。所以獵犬們會得到各類硬體支援，以幫助他們更好地進行嗅探。

通過訓練，列維能夠掌握自己擁有的所有工具。他上次用到電擊器的時候，是想制服一個精神失常的同事。那人也是獵犬，他做出了很多洩密行為，還私下嘗試極為危險的禁忌儀式。當列維找到他時，他在一間鄉下穀倉裡，地上布滿了血液畫成的符文咒語，咒陣中心是一件本屬於學會的保密文物。一場狼狽的打鬥之後，列維制服了那名獵犬。他無意間抬起頭，發現房梁上掛著農場主夫婦的腿。只有腿。屍體的其他部分被農場的狗群吃掉了，然後那個人又殺掉了狗群，用容器收集血液。

比起這些噁心恐怖的人與事，現在列維面前這個年輕人是那麼無害，那麼弱小……

萊爾德蜷縮在浴缸裡，雙目失神，身體失去平衡而滑倒，金髮垂落下來，貼在蒼白的額邊。

列維覺得自己像是在刑訊逼供……這種感覺很怪異，並不愉快。拷問可不是獵犬的工作，這事一般是導師們親自做。

比如他回憶中的那人，那名發瘋的獵犬。列維把他活著帶了回去，聽說他對學會交代了事情的全部經過。列維不知道其中細節，也不知道失竊的文物是什麼、做什麼用，這些都不是列維該知道的。他只是很意外，那人是個十分凶悍的硬漢，導師們卻可以在一夜之間讓他知無不言。

看著萊爾德，列維皺起了眉。他看起來很痛苦，讓人心裡有些不舒服。從前列維不只一次想揍這個煩人的騙子，但並不想讓他痛苦到如此地步。

列維想問他是否還挺得住，但又擔心自己出聲會打斷他的專注，於是只能靜靜地看著。

萊爾德不僅痛，而且渾身無力。疼痛雖然劇烈，但持續的時間並不長，後續的無力與麻木才是最鮮明的。他失去了控制肢體的能力，眼前的事物模糊扭曲，連聽覺都有點朦朧了。

然後，他在不適中產生了一種奇妙的感覺……就像突然記起兒時走過的街道，也像無意間聽到幼年時就忘記了的歌謠，或是像與十年沒見過面的舊識擦肩而過……熟悉又陌生，充滿不確定感，似曾相識，卻又並不覺得親切……

這是一種聯覺。聞到一種味道，會想起大學某個時期的種種經歷，或者回憶起一段過往，腦中會回想起某種聲音。即使不是具體的畫面，也可以把人帶回到那個時期。

他想起來，十歲的時候，他在儲藏室外感覺到過同樣的東西。雖然看不見，但他感覺到了同樣的氣息。

他呻吟著，艱難地睜開眼，用仍然有些模糊的視覺望向周圍。他看到了列維，還有洗手臺，還有磨砂門的淋浴間……

「那是什麼……」

他抬起一隻手，指著磨砂門裡面。

列維順著他指的方向看去，好像什麼也沒有。淋浴間是半透明的，如果那邊出現了什麼，隔著玻璃也能察覺到。

「你看到什麼了？」列維問。

他指得還不夠清楚，列維看不見。

萊爾德掙扎著要起來，列維連忙扶了他一把，半攙半摟地把他帶到玻璃門前。萊爾德伸出顫抖的手，拉開淋浴間門，這瞬間，他昏昏沉沉的腦子突然清醒了起來。

他與列維一起盯著淋浴間內。

瓷磚牆上有一扇門，木質，深色，古老破舊，沒有把手，露出一道黑漆漆的門縫。

列維死死盯著它。

這種感覺很奇妙，隔著玻璃看不見它，現在它卻如此清晰。

他想起少年時代的一次經歷。那時他生活在位於鄉下的訓練場裡，每個月可以跟著教官去鎮上一次。他們總是走同一條路，這條路幾年來都沒有什麼變化。

有一天，教官突然對他說：那女人的紅裙子褪色了。他疑惑地四處張望，附近是有幾個路人，但教官說的究竟是哪個女人？

教官指指某處，他這才發現，教官說的是一幅廣告。照片上的模特兒站在沙丘上，鏽色的連衣裙隨風飛舞。但列維根本不知道她的裙子褪色了。在今天之前，他從未留意過這個看板，更沒有看清過模特兒穿了什麼裙子。

奇妙的是，從這天之後，每次他再路過此處，都會不由自主地望向那張照片，而且每次都能發現一些與從前不同的地方。比如畫面角落被人畫了一道，某處有個小凹陷……一段日子之後，他發現模特兒的裙子還在繼續褪色，金色的沙子也變得一片灰暗，甚至還有點發藍。

如果沒有教官隨口的一句話，他要嘛會在很久以後才偶爾瞥見那張廣告，要嘛會永遠無視它。

列維意識到，大概「不協之門」也是這樣的東西。

「你還有那個針嗎？」列維拍了拍靠在他肩上的萊爾德，「也給我來一針。」

「沒有了。」

「你……」

「真的沒有了，沒騙你，」萊爾德好像恢復了一點，身形穩了很多，「如果有，我肯定會給你。剛才那一針我必須給我自己，我有任務在身。不過……」

他扶著牆後退了一點，對洗手臺上的終端機努努嘴，「我們可能遇到任何事，如果能互相追蹤最好……所以你拿著那個吧。我知道你不會用，將來我教你。」

列維不客氣地拿起終端機，裝進攝影背心的口袋。他也後退了一點，但一直盯著那扇門，同時提起背包，把自己的東西收拾好。

「你知道我一定想進去？」他問。

萊爾德虛弱地笑了笑，「你現在就想嗎？不多做點準備？」

「不了，我怕失去機會。這扇門很清晰，而且後面沒有東西堵住。你呢？你不多叫點『朋友』來一起進去？」

「不了，如果有你以外的人能來陪我幹這個，我何必單打獨鬥這麼多年……」萊爾德靠在玻璃門上，「能幫我拿一下箱子嗎？現在我沒力氣……」

列維背好自己的背包，幫他拿起了手提箱。

「你能扶著我走嗎？我還是好難受……」

列維伸出手，萊爾德攀住他的前臂，倚靠著他。

列維帶著他慢慢走入淋浴間，一點點靠近那扇古老的木門。潮溼的空氣從門縫裡溢出，撫在兩人的臉上。

距離木門一步之遙時，萊爾德又說：「列維，你能開個手電筒之類的嗎？我擔心一旦走進去會有什麼變故，最好現在就把光源準備好。」

列維暫時停下腳步，從攝影背心的口袋裡摸出一枚夜跑用的頭燈，戴上並點亮。

萊爾德滿意地點點頭，「你能保證我們並排走進去嗎？我擔心它會把不同時間踏入的人送到不同地方，就像電玩裡的隨機門一樣……」

「我會注意的。」列維嚴肅地點點頭。

「列維，你能……」

「你怎麼這麼多事？」

萊爾德微低著頭，「你……能安慰我一下嗎？」

列維不解地看著他。

「我想去，但我很害怕。」萊爾德說。他低下了頭，列維看不到他的表情。

「害怕是好事，」列維又拖著他向前一步，「害怕是人的本能，能幫你判別危險。儘管害怕吧，我們誰都不知道接下來會遇到什麼，也許更可怕的還在後面呢。到時候你要多加小心，我是不會保護你的。」

萊爾德緊緊勾著列維的肩膀，開始數落他「刻薄、冷酷、不尊重人、容易迷路、缺乏同情心、沒有團隊精神、倒車入位不熟練、吃漢堡先吃肉再吃別的太噁心、落井下石、恐嚇同伴……」等罪行。倒數最後兩個罪名成立於幾秒之前。

他說到一半的時候，周圍暗下來了。頭燈只能照亮他們面前的一小塊地面，地磚的樣式和浴室一模一樣。

列維盯著那一小塊光亮，攬住萊爾德腰的手臂摟得更緊了。

兩人的腳步聲迴盪在黑暗裡。

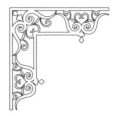

SEEK NO EVIL

CHAPTER SEVEN

【入密林】

視野全黑的瞬間，瑟西的第一反應是自己失明了。黑暗吞噬了一切形體與光線，她連近在眼前的車內物品都看不到。

她踩下煞車，伸手去尋找女兒。拉住米莎的手之後，她稍微鬆了一口氣。母女倆誰都沒有叫喊，她們嚇得喊不出聲。瑟西從口袋裡摸出手機，滑開螢幕，這才確認自己沒有失明。她打開車大燈，燈光只能照亮眼前一小段距離，她又打開霧燈，連霧燈也照不透這片黑暗。

米莎緊緊握著母親的手，面無血色。瑟西安慰地捏了捏她的手指，暫時放開她，拉開副駕駛座上方的遮陽板。這裡夾著一張聖卡德市的地圖。這是一張旅行用詳圖，而且是最新版。瑟西找到了常去的賣場，找到了那片布滿復古建築的區域，還找到了剛才駛過的道路。這條路叫做珀爾路，街道盡頭確實有一片帶有矮丘的城中綠地。到這裡之後應該沿單行道左轉，然後繞個半圓來到另一片街區，也就是有大賣場和甜甜圈店的那條街。

這裡根本沒有什麼隧道。

瑟西把地圖放在膝上，渾身冰冷。

現在想起來，隧道入口的風格十分突兀，根本不像城市內街區裡的東西，更像公路穿山隧道的縮小版。雖然聖卡德市地勢起伏，有不少綠意盎然的山丘，但在城市裡建一條山體隧道出來……這明明就很奇怪。

這時米莎說：「媽媽，我們不該在這。」

「我知道……」瑟西扶著額頭，「我很抱歉，我剛才……」

「不是，」米莎打斷她，「我是說，我們不應該繼續留在這！」

瑟西望向女兒。米莎正側頭盯著後視鏡。

「我覺得她就要來了……她來了，她來了，她來了……」

瑟西不多詢問，立刻踩下油門。她不知道應該向什麼方向走，也看不出這片黑暗的空間有多大。地面仍然是柏油路，上面甚至還有白色反光標線，但車燈能照亮的距離太有限了，她不知道一直向前能開到什麼地方去。

「她來了，她來了……」米莎抱緊自己的書包，蜷縮在座椅上。瑟西不斷加速，也顧不上什麼安全，她不時望向後視鏡，後面一團漆黑，她什麼也分辨不出來。但她又清晰地知道，米莎說的東西真的就在她們後面。在學校裡被那東西靠近的時候，瑟西也有過和此時一樣的感覺。

「媽媽……」米莎抽泣起來，聲音聽起來很不妙。瑟西目視著前方，把油門踩到底。

幾秒之後，車子的右側一沉，像是蹭上了某種東西，可能是山石，可能是牆壁……這力道不強，和高速行駛時擦到東西的感覺並不一樣。

就在瑟西打方向盤時，一股巨大力量從車後撞了上來。

在米莎的尖叫聲中，瑟西的頭撞在方向盤上，瞬間失去了意識。

「據我估計，我們應該已經迷失二十四小時以上了。」

肖恩穿著恐龍家居服，站在一片草原上。雜草長到一人多高，徹底擋住了傑瑞的視野，而肖恩比他和雜草都高不少，能看到更遠的地方。

肖恩喃喃著：「也許還沒到二十四小時，也許比這更久……人在沒有計時儀器的情況下，對時間的感知會變得混亂。」

起初傑瑞的手機還能計時，所以他們能確定，時間至少過了十幾個小時。再之後，手機電量耗盡，他們就沒有辦法確認時間了。

肖恩回頭望去，身後幾步遠的草叢晃來晃去。「這是第三次了，」肖恩無奈地說，「傑瑞，你哭鼻子三次了。夠了，你是十六歲，不是六歲，能不能像個男人一樣？」

傑瑞低著頭，鼻子被他擦得通紅。「你說得輕巧，」他抽噎著，「難道你不怕嗎？

我們可能已經死了……這裡其實是地獄……」

肖恩說：「肯定不是地獄。地獄裡會有別人在，這裡除了我們就沒別人了。」

當初走進「蒸氣房」再走出來之後，肖恩和傑瑞出現在一棟陌生的房子裡。房子裡空蕩蕩的，像是無人居住。

起初傑瑞有個猜想：也許那道「門」實際上是個隨機出現的任意門，走進去的人會被傳送到某個座標，比如別的城市的某棟房子裡。

他認為自己和肖恩被傳送到了一棟位置不明的空屋，而四月二十五日失蹤的艾希莉和羅伊比較倒楣，他們可能被傳送到了原始森林之類的地方，所以大家一直找不到他們，他們也無法和警方取得聯繫。這個猜測令人振奮，如果真是如此，他們報個警就能回家了。傑瑞嘗試打電話，可手機沒有訊號，他們想著也許室外的訊號會好一些，就小心地走出了房子。

房子外是一片廣闊無垠的草原。周圍沒有別的建築，只有各種枯黃色的雜草。天色很亮，但陽光沒有溫度。這種感覺很微妙，太陽光不暖，空氣也沒有溫度，令人產生一種虛假感。

外面依然沒有訊號。傑瑞又推測：我們也許被傳送到了外國，而且是通訊網路無法通用的國家，所以手機連不上網路了……既然這裡有房子，我們不如在屋裡等著，等到屋主回家，也許他可以幫助我們。

但肖恩指出了一個殘酷的現實——你看這屋子像是有人住嗎？

兩人在屋裡耗了很長的時間，又商量了很久之後，他們決定行動起來，穿過草原，想辦法找到有人的區域。

這地方的天氣怪得很，天空白茫茫不見藍色，看不見太陽，但陽光的穿透力倒很強，周遭事物並不陰森。

因為沒有太陽也沒有樹木，他們分不出東南西北，於是決定向房屋大門面對的方向走，一般這種鄉下房子好像都會面對著公路。不知道走了多久，這片草地竟然還沒到盡頭。

在這過程中，傑瑞又提出了若干個不同風格的假想。

假想之一：「也許我們不是到了別的國家……可能我們穿越了時間！這地方是未來的松鼠鎮，那房子就是未來的我家……可能已經不是我家了。總之，它是在我家那塊地上建起來的。未來的世界出了什麼問題？為什麼松鼠鎮只剩下一棟房子了？為什麼變得這麼荒蕪？肖恩，你家也不見了！」

肖恩說：「剛才那棟破房子裡有不少家具，樣式並不怎麼未來。」

假想之二：「還有一種可能……也許我們還在家裡，但昏了過去了，這是一個夢中的世界，我們應該找一個骰子、陀螺之類的東西，看看它們的運動方式是否正常。如果陀螺一直旋轉，就說明這不是真實的世界。」

肖恩說：「這裡沒有水可以跳，我們也沒有別的東西可轉。你帶了手機，手機能幹這個嗎？」

假想之三：「這不是一般意義上的夢境，至少不是我們自己的夢……也許我們在別人的夢裡！有個陰謀組織盯上了我家，先綁架了艾希莉和羅伊，現在又對我們下手了。他們用一些手段讓我們產生幻覺，我們兩個正處於一個多人共用的意識世界裡，而我們的身體在祕密基地深處，躺在浴缸裡……如果真是這樣，我們要自己尋找出路，或者至少先找到一間『個人室』，裡面播放著《月光曲》，還有個戴眼鏡的女護士……」

肖恩一臉冷漠：「那你找吧。恐怕你口中的一切只能在你的 Xbox 裡找到。」

「沒有，我是電腦版。」

「夠了……」

他們走了很久也不見人煙，傑瑞哭了幾次。在短暫的「恢復鬥志期」內，他又提出了假想之四：「也許我們進入的是一個古老而隱祕的世界，甚至是靈薄獄[6]之類的地方。我看過一個紀錄片，是法國的事，那些人想找點金石[7]，於是進入了一座地下墓穴遺跡，但他們進去的其實是另一個世界。他們一直向下走，最後卻回到了地表，我們可能也需要一些關於宗教和煉金術的知識……」

肖恩說：「那不是紀錄片，那是假的，是電影。」

不知又走了多久的時間——也就是此時此刻——傑瑞又受不了了。他無法再用科幻設定麻痺自己，又一次蹲在草叢裡崩潰地哭了起來。他說自己可能再也回不了家了。

肖恩想安慰他，卻說不出什麼有用的話來。他也害怕得要命，可是傑瑞搶先崩潰了，他不好意思也跟著崩潰。

傑瑞哭了幾分鐘，抹抹鼻子站了起來，「我覺得我們應該回去……」

「為什麼？」

傑瑞說：「我們沒有水，也沒有食物……一直這麼走下去會死的。我們應該回去

6 拉丁語是 limbus，英語則是 limbo，意指「地獄的邊緣」。
7 又稱「賢者之石」，是一種傳說中的煉金術物質，能將普通金屬轉變成黃金，或是製造長生不老藥。

在房子裡好好搜搜，也許能發現什麼。」

這話提醒了尚恩。他露出驚訝的表情，看向傑瑞問：「你餓嗎？」

「我倒是不餓，但將來……」

「我也是，」尚恩說，「已經一天多了……我沒喝水，沒有肚子餓，連廁所也不想上……」

傑瑞的臉色更差了，在他開口前，尚恩連忙說：「但我們肯定沒死！因為我們會累！你想想，我們走累了休息過，休息後體力能恢復。」

有道理，死人不該這樣。傑瑞點了點頭，說：「好……但我還是覺得我們應該回去。我剛才想到了第五個假想……」

尚恩嘆了口氣。傑瑞繼續說：「假想之五是這樣的……也許這是一個『裡側世界』，和我們的世界是平行的，也就是互相重疊著那樣。我們回房子那邊，也許能留下線索和『表側世界』取得一定的聯繫……這世界可能是某個有悲慘經歷的小孩創造的，也許和邪教什麼的有關係……」

尚恩扶額，「松鼠鎮不在緬因州，旁邊也沒有『托盧卡湖』，也沒有濃霧。」

最終他們還是決定回那間房子去。別的先不說，傑瑞提出細細搜一遍房子還是很有必要的。之前他們太急躁，一心想著找到公路，現在想想，這鬼地方到底有沒有公路都不一定。

回去也不難，這地方空曠無風，他們踏過的草地上多少會留下些痕跡。

肖恩想起失蹤的艾希莉和羅伊。他們不在房子裡，那麼他們肯定也走入了這片廣闊的草原。但他們失蹤太久了，足跡已經不見了。

這地方好像沒有白天與黑夜，天空一直都很明亮。於是傑瑞又由此提出了「外星假想」和「未來地球自轉改變假想」。

兩人一邊往回走，一邊暢想各種求援方式，雖然還不知道能否成功，但往積極的方向思考會讓人心情好一些。

又走走停停了不知多久，中途兩人還輪流小睡了一下……從時間上來估計，他們應該很接近那棟房子了。

「我爸可能已經報警了，」傑瑞說，「但他們多半找不到我們……他們也沒找到艾希莉和羅伊。」

「你哥哥也許會找到我們。」肖恩說。

傑瑞不抱期待，「但願吧……不過這樣一想，你記得我說的『裡世界與邪教假想』

嗎？我覺得他就是邪教人員，搞不好還真的和這個世界有關係……」

他的話沒說完，兩人前方不遠處傳來一陣窸窸窣窣的聲音。

兩人的腳步僵在原地，暫時不敢動彈。一路上他們沒遇到過任何野生動物，而且現在完全沒有風。肖恩能夠看到草叢頂端，卻看不見到底有什麼在靠近。傑瑞慢慢地退了幾步，藏在肖恩身後。

這時聲音又響起來，「沙沙沙」，「沙沙沙」，某種東西走走停停，一點一點向他們靠近。

「唰」的一聲，他們斜前方的高草中伸出一隻手。人類的手，還握著拳，伸出大拇指。

傑瑞和肖恩嚇了一跳，肖恩差點一拳揮過去。看清這隻手之後，兩人都愣住了。草叢中鑽出一張熟悉的臉。萊爾德走出來，對他們露出燦爛的笑容，「我聽見你們的聲音了！」

傑瑞叫道：「你想嚇死我嗎！」

「我就是想嚇你們，」萊爾德扶了扶眼鏡，「還有，你們竟然不先問『你為什麼也在這』？」

列維就跟在萊爾德後面。看到肖恩和傑瑞後，他不悅地皺起眉，傑瑞倒是驚喜得很。

「卡拉澤先生！」傑瑞激動地迎上去，這種情況下看到成年人，令他更有安全感，「你是來救我們的嗎！」

「不是。」列維說。

傑瑞的笑容僵了一下，「哦……我明白了，你不是來救我們，你是來探索這個世界的！我懂，《深度探祕》的工作人員都特別拚……」

列維問他們是什麼時候跑進來的，肖恩講述了他是如何躲進凱茨家的浴室，然後傑瑞又是如何來找他。他說完後，旁邊的萊爾德誇張地仰起頭，一手捂住眼睛，「唉……我都說了讓你不要來找傑瑞玩……」

「他並沒有連累我什麼，」肖恩說，「是我先不小心走進來的。」

「性質一樣，」萊爾德說，「你們兩個之中，原本有一個人可以不用進來的。」如果說得直接一些，是傑瑞本來不用走進來……傑瑞非常遲鈍，如果不是肖恩在場，也許傑瑞根本不會察覺到「門」的存在。

萊爾德指指他們後面，「你們是從那邊的一棟房子裡走出來的嗎？」

「是，」肖恩說，「但我們在那房子裡找不到離開的路。我是說，我們是從浴室走出來的，但回不去原來的浴室。」

「我們也是，」萊爾德說，「大概從房子裡是回不去的……」

他們兩人說話的時候，傑瑞正在興奮地向列維描述自己拍攝到的東西，之前他拍攝了房屋、沿路上的草叢、天空……還有最開始時那個一片漆黑的區域。只可惜手機沒電了，他沒辦法把錄到的影片給列維看。然後他又開始跟列維講「穿越未來」和「進入夢境」假想，列維只是不停揉眉頭。

萊爾德上下打量了一下肖恩，「你們一直在附近嗎？房子就在那邊，你看得到吧？」

四人中肖恩個頭最高，是唯一站在草叢裡能完整露出腦袋的人。

「能看到了，雖然還有一定的距離。」肖恩遙望著房子。松鼠鎮上有一大片這樣的房子，細節不同，但風格都差不多。

「你帶傑瑞過去，」萊爾德說，「留在那。我和列維去到處看看，將來再回來找你們。」

聽到萊爾德的話，傑瑞第一個反對，「你們要去哪？我們也去！大家一起行動比較好，恐怖片裡分頭行動都沒有好下場！」

「你們在那房子裡停留了多久？」萊爾德問。

傑瑞回答：「將近一整天吧。那時我手機還有電，能看時間，然後就不行了……這裡的天不會黑，沒法從天色看時間。」

「在房子裡，你們遇到什麼危險了嗎？」

「沒有。」

「看到什麼奇怪的東西了嗎？」問這句時，萊爾德看著肖恩。肖恩比較敏銳，比傑瑞更有可能「看見」。

「沒有。」傑瑞說。肖恩也搖了搖頭。

萊爾德說：「我和你們一樣，也是從浴室裡不知怎麼跑過來的。我看那房子裡有床和沙發，你們可以去休息一下，睡個覺，醒過來就沒事了。」

「我不信……」傑瑞扁著嘴。

萊爾德聳聳肩，「好吧。我也不信。」他看向列維，「你說怎麼辦？就讓他們跟著？」

列維掏出追蹤用的終端機看了看，在傑瑞對它產生興趣之前又放回了口袋裡。

「你們兩個孩子，聽你哥哥的，回去。」他嚴肅地說，「我們在做的事情很危險，如果你們還想見到爸爸媽媽，就回房子裡等著。」

說完，他對萊爾德勾了勾手，萊爾德點點頭跟上去，兩人撥開雜草向前走去。他們走的並不是肖恩和傑瑞折返時走的路，而是一個偏左前的方向——以房屋大門為參照物的前提下。

「你們到底要去幹什麼？」傑瑞執著地跟上去。

「去找點東西，」列維說，「別跟來，我不想照顧小孩。」

傑瑞面露困惑。這位「製片人助理」變得怪怪的，好像換了一個人似的……前些天的熱情與耐心全部不見蹤影，現在的他對人非常不耐煩。更奇怪的是，他什麼時候和萊爾德混得這麼熟了？

傑瑞看向肖恩，正好對上肖恩的視線。兩人點點頭，繼續跟在列維和萊爾德身後。雖然列維說他們是小孩，但畢竟他們也都這麼大個子了，如果非要跟上來，誰也攔不住。列維無奈，只好讓他們跟著。

每走一段距離，列維和萊爾德會停下商量一些事。他們拿出終端機，對照著一張區域地圖比比劃劃。

肖恩一路上苦著臉若有所思，傑瑞卻一直保持興奮狀態，總是試圖加入談話。列維不會好好回答他。萊爾德倒是會回答，比如告訴他：那儀器是靈體探測儀，可以檢測附近有沒有幽靈；他們拿的是聖卡德市與臨近小鎮及山區的地圖（這一點顯而易見，他沒有胡說的餘地），地圖可以幫他們驗證這地方是不是兩百年後的地球；他懷疑這個空間是一個邪惡的半位面，屬於某位魔域領主；他和列維在追蹤一名神祕的少女，少女有著塞勒姆女巫[8]的血統，身上藏著解開此地奧祕的關鍵……

起初傑瑞還認真地思考了一下，後來就漸漸意識到，萊爾德是在胡說八道。

頓覺無趣之後，傑瑞放慢腳步，和肖恩走在一起，不爽地看著異母哥哥的背影。

肖恩用手肘拐拐他，小聲說：「雖然我覺得跟著他們比較安全，但你最好別多說話，不該問的就別問了。」

傑瑞滿臉不悅，剛要開口，肖恩對他擠眉弄眼，他這才配合地壓低聲音：「為什麼？難道你覺得魔域領主和塞勒姆女巫是真的？」

「不是……」肖恩說，「我覺得那兩個人不簡單，他們身上肯定有我們不該知道的事。恐怖片裡，好奇心太強都沒有好下場。」

8 原文為 Salem Witch，是十七世紀獵巫行動中，發生在北美殖民地塞勒姆（現今美國麻州）的著名慘案。

「也對，他們看上去太平靜了……肖恩，我這才意識到，他們甚至都不問你為什麼穿著恐龍居家服！」

「因為他們早就知道我穿什麼！他們肯定看過你家的監控錄影！」肖恩非常厭煩這件居家服。那天晚上他沒帶自己的睡衣，換掉外衣後就乾脆打赤膊。清晨起來時，他怕被監視器拍到，想假裝成傑瑞，於是他只能穿這件恐龍衣，傑瑞的其他衣服對他來說都太小了。

現在他不能脫掉恐龍衣，因為衣服下面只有一條畫著海盜船的四角褲。不僅如此，他們兩個還都穿著室內拖鞋……幸好這一帶土地厚厚軟軟的，沒什麼尖銳的石頭。

四人慢慢前進。傑瑞體力最差，總是提出要休息。現在距離房子已經很遠了，列維又不能把他丟下，只好配合。反正他想追蹤的東西已經暫時失去了蹤影。

幾小時前，列維和萊爾德一起走進浴室牆上的木門，走入一片黑暗之中。

他們分不清方向，只是憑著感覺向前，走了幾分鐘之後，前面又出現了一扇門，和他們進來時通過的那扇門一模一樣。他們打開門，外面是浴室，仍然是凱茨家二樓的浴室。

起初他們以為自己又回來了，打開浴室的門後，他們才發現這並不是凱茨家。但折返的路已經不見了，他們無法再回到那一片黑暗中。

這時，儀器上能夠顯示兩個標幟，一個是萊爾德，另一個是「伊蓮娜」。現在他們處在同一個世界了，儀器能夠繼續追蹤她的位置。但她距離他們非常遠，需要拉動螢幕到較小的比例尺狀態才能看見。

萊爾德說追蹤範圍是有限的，如果她再移動，很可能就追蹤不到了。原本「伊蓮娜」很久都沒有移動，移動起來速度也很慢。就在列維和萊爾德遇見傑瑞他們之前，那個標幟突然不見了。萊爾德說終端機在三個月內不會失效，所以應該是「伊蓮娜」離開了有效追蹤範圍。

儀器能夠追溯「伊蓮娜」最後出現的位置。列維決定先過去看看，也許能發現什麼線索。現在萊爾德也注射了追蹤用物質，他變成了活體導航箭頭，只要在儀器上固定目標位置，就可以以萊爾德為參照物，慢慢向目標接近。

列維感受到了命運的捉弄。從前萊爾德很喜歡在他開車時亂指路，現在萊爾德真的變成導航系統的一部分了。

休息的時候，列維把萊爾德拽開，故意與肖恩和傑瑞保持距離。反正傑瑞說話的聲音大，隔著高草也能知道他是否安全。

他們沒有把所有發現都告訴這兩個孩子。比如安琪拉的事情，比如「伊蓮娜」，還比如……他們發現，這地方的遠近比例，很可能與現實世界相同。

使用追蹤終端機，把「伊蓮娜」在這裡的行跡進行縮放，重疊在聖卡德市地圖上，調整成統一比例，「伊蓮娜」最後出現的位置相當於在聖卡德市某街區，距離瑟西的家不遠。

「伊蓮娜」之前還去過一些地方，位置相當於另外幾條街和市內公立小學，那正是米莎就讀的學校。當然，這指的是她在「門內」的活動範圍，不是說她真的在聖卡德市。而她到過的地方，恰好都與米莎在現實中可能出沒的區域重疊。

如果推測成立，那麼這地方就像「重疊」在真正的世界上一樣。他們要趕往「伊蓮娜」最後出現的地點，就要從松鼠鎮徒步走到聖卡德市。

距離比較遠，但也還能接受。在保證充足休息時間的前提下，大概需要一天多到兩天。

更何況，這裡沒有森林、河流、水壩、山區……如果一路上都是這樣的草地，走直線距離也許會更近些。

「你來過這裡嗎？」坐在草叢裡，列維小聲問萊爾德。

萊爾德搖搖頭，「我不記得。我那時的記憶根本靠不住。」

「看來你多半是沒來過。」列維想起在瑟西家中時，萊爾德看見「伊蓮娜」時嚇得呆住的模樣……萊爾德說想不起具體的經歷，卻能回憶起當時的恐懼。如果他來過這裡，現在他應該已經又嚇傻了。

列維又打量了萊爾德一下，問：「你感覺怎麼樣？」

「有點害怕，只有一點點。」

「我是問你的身體。」

「哦……」萊爾德摸了摸左邊臀部的側面，那是電擊器接觸過的位置，「沒什麼事了，你看，我這一路也沒要你扶。」

「仔細看還是有點跛。讓我看看傷口，以防萬一。」

「不需要，謝謝！」萊爾德立刻向後縮，「如果又痛了，我會及時叫喚的！別擔心！」

列維哭笑不得地看著他，剛想說什麼，不遠處肖恩「嗷」地叫了一聲。

「怎麼了？」

列維和萊爾德撥開草叢走過去。肖恩站著，傑瑞抱膝坐在他腳邊，被嚇得大氣都不敢出。

「那邊的草……動了一下。」肖恩抬手指出方向。但是這些草太高了，除了他以外，別人無法看清遠處。

列維把幾人招呼到一起，「繼續走吧。休息夠了就好，不要在一個地方久留。」

「我還沒休息夠……」傑瑞嘟囔著，「但……我也同意快點走……」

「你一開始就不該跟著我們。」列維走在前面，撥開雜草。肖恩走在最後。他不時左顧右盼，仔細留意著周圍的動靜。

說來也怪，剛才他真的看到雜草動了，但如果要指出是哪個區塊的草在動，他又指不出來……這種感覺很難形容，就像五感被遮蔽了一部分似的。

也不能排除是自己太緊張，所以眼花了……肖恩這麼想著，拍了拍臉蛋，挺胸目視前方。

列維走在最前面。之前的一路上，他聽過那兩個孩子對這地方的描述，其中有些部分，與安琪拉在筆記中所描述的一模一樣。安琪拉也進過「不協之門」。她提到過，在這裡她不會渴和餓，但會疲憊，現在他們四人也是如此。

正想著，身邊的萊爾德踉蹌了一下。

「腿後面痛？」列維小聲問。

萊爾德說：「上過藥了，沒事。你這麼關心我，我很不習慣。」

「不是，我怕你出狀況，連累我們。」

「反正你又不打算保護我，要是遇到危險了你就一個人跑吧。」

又走了將近兩英里，四人再次坐下休息。肖恩緊張地向後看，並沒有再看到雜草異常搖動。

萊爾德一個人鑽到草後面去檢查傷口，臀側的輕微灼傷沒什麼問題，倒是小腿肚上的鞭痕腫了起來，傷口摩擦著褲子，讓他走起路來有點難受。檢查傷口時碰觸那幾道痕跡，尖銳的刺痛讓他咬緊了牙。他無意識地抬起頭，盯了一會天空，瞇起來的眼睛漸漸睜大……

「嘿，你們幾個，」他迅速整理好衣裝，站起來，「你們有沒有覺得……天色好像變暗了？」

另外三人應聲抬起頭。確實，從肖恩和傑瑞來到這地方開始，天空一直是明亮的蒼白色，遇到列維和萊爾德後，他們一路走來也是如此。現在天色變暗了一點。不是特別明顯，就像多雲時陰的天氣。

「也許這地方其實是有黑夜的？」傑瑞說，「也許這裡是自轉速度不同的地球，或者另一顆類似的星球……」

在疑惑中，四人繼續上路。這次他們走得慢了很多，傑瑞和肖恩積累了太多疲憊，萊爾德的腿也不太靈活，唯一體力還不錯的人只有列維。

十幾分鐘後，事情變得越來越奇怪了。

天色越發昏暗，變暗的速度就像雷雨前濃雲聚集時一樣。但天上沒有明顯的雲層變化，空氣中也沒有溼氣。這地方沒風，沒氣味，沒冷熱變化……像是有什麼力量扭曲了現實，拿走了人們熟悉的細節，只留下看似正常實則空洞的地形與草木。

從他們首次感覺到天色變化開始，天色暗得越來越嚴重……也許從肖恩說草叢裡有動靜開始，那時周圍就不太對勁了。

四人不安地加快腳步。本能告訴他們最好保持移動，不要停留。

沒過多久，天色已經暗得像傍晚一樣了。在正常的世界裡，傍晚時夕陽的餘暉會守在天空一側，但這裡不一樣，這裡四面八方都沒有明顯光源，天色卻固定在昏暗的狀態中。隨著天色變暗，四人都不僅能聽到草叢的沙沙聲，還能感受到自己越發急促和沉重的心跳。

突然，肖恩脊背一凜，「你們聽！」

他話音一落，列維和萊爾德立刻停下腳步，傑瑞「嗷」地叫了一聲。

「你是讓我們聽這個嗎？」列維皺眉。

肖恩瞪了傑瑞一眼。傑瑞還挺委屈，「我又不是故意的！條件反射而已！你突然說話，嚇了我一跳，我還以為有什麼……」

「噓……」肖恩捂住他的嘴。

現在四個人都聽見了。是一陣陣細碎的腳步聲。聲音在他們後面……不是正後方，是在後面的一定範圍內來回遊移。

「繼續走。」列維低聲說。他讓高個子的肖恩走在前面，接著是萊爾德和傑瑞，他留到最後一個，悄悄地從腰後握住槍。

他們不敢停下腳步，也不敢大聲交談。走著走著，肖恩突然覺得周圍更加不對勁……這些草變高了！一路上的草都很高，但肖恩更高，最高的草也沒超過他的頭頂，現在身邊的草越來越高，他們就像逐漸跑進一座遮天蔽日的森林。

肖恩伸長手臂，想為後面的人撥開越來越高的草，他剛碰到那植物，就驚得縮回手。不是他們跑入了雜草更高的區域，是草本身在長高。

他想問別人有沒有注意到，還沒開口，被他碰觸過的草叢劇烈搖動了起來。顯然其他人也看見了，傑瑞正在他身邊尖叫。

就像天空忽然開始變暗一樣，雜草也在短時間內開始滋生、膨脹。幾秒內，原先還能露出一點地皮的地方都長出了草，原本就有的草則以不可思議的速度增高、變寬。為了躲開這些植物，傑瑞左躲右竄。他不小心撞到了萊爾德，萊爾德腿上有傷，一個站不穩就跌在了地上。雜草不斷從他身下鑽出來，把他推得滾到一旁，巨大的草葉擦過他身邊，正好劃過小腿後面。

腫起的傷口傳來一陣刺痛。萊爾德「嘶」地抽了一口涼氣，五官都皺在了一起。他短暫地閉眼，再睜開，這一瞬間，他感覺不到身邊密集的草葉了。

幾秒內，瘋長的植物遮蔽了所有光線，交織成巨大的穹頂，僅剩下星星點點的細碎縫隙，透著灰藍色的昏暗天空。在穹頂形成的瞬間，草葉的觸感也消失了。

萊爾德一時聽不見別人的聲音，他認為是那三個人沒動也沒說話。他坐在地上，看著黑色穹頂上的縫隙越來越細密，灰藍色碎片一個接一個地熄滅。

先是純粹的黑暗，一瞬之間，光明又再次降臨。兩種互相矛盾的畫面幾乎是同時出現在視野裡，就算它們發生得有先有後，所隔的時間也是人類很難感知到的、極為短暫的一霎。

然後天空投下一道陰影。萊爾德坐在地上，回過頭，一個紅色的東西站在他身邊，形體彎成九十度角，用嘴巴看著他。

他能夠認出那是「嘴巴」，是因為那東西離他很近，它的某個位置上有個圓形缺口，他能看見缺口中嵌著兩排棕黃色的牙齒。之所以他心中浮現出「用嘴看著……」這樣的判斷，是因為他從那黑洞洞的缺口中看到了一個顫動的白色物體。一枚眼球。

從周圍陡然變亮，再到萊爾德看清這東西，其實只過了一兩秒的時間。

可對萊爾德來說，這一兩秒足以把他全身的血液都急凍起來。

列維的感知出現了短暫的混亂。

他能看清的最後一件事，是雜草異常膨脹與增生，在幾秒內擋住了前後左右的視野。然後發生了什麼？然後又過了多久？是一兩秒，還是幾小時？

現在天光已經大亮。這變化是眨眼之間的事嗎？還是他之前失去了意識，現在剛蘇醒過來？

他的感知陷入混亂，一時竟然無法分辨。

突然，一聲槍響徹底喚醒了他。他的視野恢復清明，注意力也被拉回當下。他立刻轉身朝向槍響的方向，同時拔出腰後的槍。

他呼吸一滯，差點像傑瑞一樣大叫出來。

他看到一個渾身血紅的人形物體，正踉蹌著走向坐在地上的萊爾德，萊爾德靠在一顆灰色的樹下……這裡什麼時候出現灰色的樹了？列維一點也想不起來。

又是一聲槍響。萊爾德擊中了「紅色物體」左上的某個部位，讓它踉蹌著仰倒下去。近距離的槍聲震耳欲聾，蓋過了萊爾德的聲音，怪物倒下後，列維才聽見萊爾德在大口喘氣。

「那是什麼？」列維壓低身形靠近過去。萊爾德沒回答他，繼續縮在樹下。

邁出一步後，列維才注意到腳下是微微潮溼的林間土地。他左右看看，周圍全是灰色的樹，每棵樹之間有一定的距離，樹木粗壯高聳，光禿禿的沒什麼葉子。這地方看起來像冬季的郊野公園，但樹木的顏色不對勁，形態也不屬於任何一種他叫得出名字的樹。

那些一人多高的雜草不見了，又或者，是草在幾秒鐘內變成了稀疏的森林。

列維在萊爾德身邊蹲下，「你受傷了？」

萊爾德慢慢搖頭，仍然繃緊著手臂，拿槍對著倒在幾步外的不明物。

「那是什麼？」列維又問了一遍。

萊爾德終於說話了，「殺了它……去殺了它……補一槍……」

列維小心地靠近那東西。它看起來像人，但肯定不是人。它比人類略大一圈，體格類似棕熊，有著與人類一樣的圓形頭部。它肩下沒有雙臂，雙臂長在軀幹正前方，下半身的形態與人類差不多，雙足比人的要大。更令人不適的是，在近距離下才能看清——它身上的紅色不是表皮顏色，而是黏連在黏膜與肌肉上的鮮血。

它沒有皮膚，也沒有眼睛和外耳廓。它面部血肉模糊，列維看不清它有沒有鼻孔。它的嘴巴張開著，裡面有個帶著血跡的白色東西。列維下了很大的決心才又走近了一步，這才看清，那是一顆眼球，比人類的眼球大，幾乎能撐開口腔。

列維仍然沒明白這是個什麼東西，只知道它已經完全不動了。

「應該已經死了……」

列維回頭，萊爾德正把槍收回衣服裡……他竟然在長袍下面穿了一套緊身槍帶。手提箱裡那把槍果然不是他唯一的武器。

萊爾德的槍法不錯，他都嚇成那樣了，還能快速拔槍、射擊，並且命中……這絕不是偶然的運氣，而是有賴於長期的正規訓練。列維推算了一下，在剛才那種感知模糊、視線搖動的情況下，如果換作是他，他並不一定能打中那隻怪物。

「那兩個孩子呢？」列維拍了拍萊爾德的肩，萊爾德茫然地搖了搖頭。

幾步外的樹後面傳來了肖恩的聲音，「我……在這……」

肖恩坐在樹後面，懷裡抱著昏倒的傑瑞。

「傑瑞怎麼了？」列維問。

「他……」肖恩的目光從列維腿邊掠過去，看見了那個紅色的不明物，「那……那是什麼……」

「我們還不知道。肖恩，傑瑞到底怎麼了？」

肖恩雖然個子挺大，但他也只是個剛成年的高中生而已。他在震驚中變得有些遲鈍，半天吞吞吐吐說不出完整的話。

列維嘆氣，蹲下來檢查傑瑞。傑瑞身體上沒有傷，只是腦袋上腫了個挺明顯的大包。起初列維還以為他是因意識混亂而昏倒的，現在看來並非如此，他多半是在恐慌中一頭撞上了樹。

列維看了看昏倒的傑瑞、嚇傻的肖恩、瑟瑟發抖的萊爾德……還有那個噁心得要命的不明物。

「怎麼，現在我是唯一還能保持正常的人嗎？」他無奈地抹了把臉。

「我也很正常！」萊爾德揮揮手，扶著樹站起來，「你別急。我知道現在你很害怕，先冷靜一點……」

列維說：「在安慰我之前，你知道你說話的聲音在發抖嗎？」

「知道，我只是……」萊爾德正說著，突然臉色一變。他的目光越過列維的肩膀，看著更遠的地方。

列維也慢慢回過頭。稀疏的灰色樹林深處，有兩道深紅色的人影。它們站得很遠，暫時沒有任何動作。

從這裡看不清它們身上的細節，但有了剛才的經歷，列維和萊爾德都能想像出那大概是什麼東西。

「我們該走了，」列維低聲說，「不論這是什麼地方，總之先離開……」

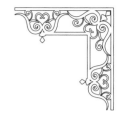

SEEK NO EVIL

CHAPTER EIGHT

【眼睛】

在一檔電視節目中，主持人和攝影師只攜帶最基本的少量裝備，深入世界各地的海島、密林、沙漠，在荒無人煙的地方為觀眾演示求生技巧。

每集節目最後，當主持人終於找到文明的痕跡時，他會歡呼一聲。「文明的痕跡」可能是指拴在河邊的小船、森林中的獵人小屋、童子軍野外營地、通向公路的小徑等等……總之，即使他還沒看到居民，只要看見了房子也很開心。

但這僅限於在人們熟悉的世界上，比如亞馬遜河流域的人工建築、大海上掛有某國國旗的漁船。

如果一個人身在不知名的地方，無邊無際的草地一秒變成森林，森林裡的樹木顏色古怪，周圍藏著很多沒有皮的不明生物……當他在這種地方看到一棟房子時，他可能並不相信它。

正如此時。列維、萊爾德和（背著傑瑞的）肖恩，正站在三棵粗壯的灰色大樹前。

三棵樹的樹冠糾結相連在一起，上面承托著一座同樣灰撲撲的樹屋。樹屋和他們最開始離開的那棟房子不同，那棟房子在城鎮中隨處可見，雖然破舊，也只是屋主搬離後無人清理的程度。而這樹屋更加原始和詭祕，更像電影裡給巫婆或妖精住的地方。

樹屋下面懸著幾條草繩，繫在大樹光禿禿的扭曲枝幹上，草繩有粗有細，上面糾纏著一些枯草和樹皮，遠遠看去就像樹上垂下來的藤蔓。

四個人已經又走了很久，現在也該休息了。肖恩穿的室內拖鞋有點磨壞了，多半再過不多就會磨穿。這附近沒有血紅色的人影，那些東西應該沒有追上來。

「我上去看看。」列維說著，把一路拿在手裡的槍塞回腰後。

萊爾德面露怯色，「不太好吧……我覺得還是不要進去比較好。」

列維說：「樹屋是人造的，這說明有人在我們之前來過這裡。也許我們能發現些重要的東西。」

萊爾德說：「我們一開始就出現在了『房子』裡，那房子更像人住的地方，裡面還有好多家具呢。」

「那裡不太一樣……」列維微微低頭，「我不認為那房子是真的……」

肖恩插話說：「傑瑞也覺得那房子不是真的，他說那可能是夢境或者虛擬世界，我們真正的身體睡在浴缸裡，或者躺在一臺臺維生艙裡，脖子後面插著管子……」

列維和萊爾德一起迷茫地看向他。

「算了，我只是順口一說，沒什麼……」肖恩連忙擺擺手。

萊爾德問列維：「進那扇『門』之前我真的躺過浴缸了，和這有關係嗎？」

列維沒回答。肖恩羞恥地扶額，「不不，不用這麼認真地考慮它，這只是個玩笑……你們確實像是不太玩電玩的類型，但你們連電影也不看嗎？那可不是什麼新電影了。」

「我小時候情況特殊。」萊爾德聳聳肩。

列維作勢要爬樹，萊爾德連忙拍拍他，「等等！你別衝動，萬一樹屋的門也是一道『那種門』怎麼辦？」

「如果我進去後沒反應，你們也跟著進來。」

「不，我爬不上去。」

「但他可以。」列維瞥了一眼肖恩。

列維剛攀上一塊突出的樹皮，萊爾德又拍拍他，「等等！要不然我們再……那個一次？讓我感覺一下這樹屋……」

列維說：「不用。肖恩比我們敏銳，現在他什麼都沒感覺到，對吧？」

肖恩隨便點了點頭。其實他並不明白這兩人在說些什麼，尤其不明白「那個一次」是什麼意思，他只希望不是自己聯想到的那個意思。

列維又想繼續爬樹，萊爾德第三次阻止他。列維不耐煩地回過頭，剛想吼一句什麼，只見萊爾德站在樹下，手中輕輕握著一截垂下來的草繩。

「你躲開一點。」萊爾德說。

列維依言躲開。萊爾德手上用力，上方傳來一陣乾澀的摩擦聲，一條綁了細木板繩梯從樹屋邊緣垂了下來。

「你怎麼發現的？」列維驚訝地看著它。

「我一直往上看，不小心就發現了。」萊爾德摘下眼鏡，「我不是真的近視，其實視力還挺不錯。」

列維第一個爬了上去。他叫萊爾德和肖恩先等等，等他先確定屋內安全。樹屋的小木門看似破舊，其實設計得還挺精巧。它從外向內部上方推開，在內側有掛鉤可以固定，也可以關閉後左右閂緊。這是一扇正常的門，不會通向別的世界。

「我們可以上去了嗎？」萊爾德在下面喊。

「等一下，我檢查一下地板。」

樹屋內有兩個「房間」，中間用布簾隔開。布簾是用一件襯衫改成的，看來，這地方確實曾經屬於某個人，而且是文明社會的人。屋裡有人生活過的痕跡。內側的房間裡，牆邊捲著一捆毯子，角落還有一頂氈帽。外側的房間稍小些，角落有個用樹枝與木板搭成的「寫字臺」，只有差不多一隻手臂高，使用者應該是坐在旁邊書寫的。寫字臺上躺著一塊炭條，一支羽毛筆，還有一瓶已經完全乾涸的墨水。瓶身上的標籤嚴重褪色，但還能看清基本圖案：六芒星和銜尾蛇。

旁邊還有三冊手工綁成的本子。左邊一本皺巴巴的，像是經常被翻閱，右邊的兩本還全都是白紙。

列維大概看了一圈，拿起墨水瓶悄悄收進口袋。別的東西都還保持原位。他返回門口，告訴其他人可以上來了。傑瑞仍然沒醒，肖恩擔心背他上去時繩梯承受不住兩個人的重量，還好繩梯足夠結實。

進屋之後，萊爾德趴在門邊研究了片刻，還發現了一個小機關：如果在樹下小幅度拉動草繩，繩梯會慢慢升起來，沿著木滾輪捲回樹屋下方。怪不得屋內沒人，繩梯卻是捲起來的，當初建造樹屋的人一定費了不少心思。

肖恩把傑瑞安置在牆邊，讓他正好躺在那捆毯子上，反正毯子看起來也不太髒。看到室內的種種「生活氣息」後，肖恩問：「我們是要等樹屋的主人嗎？」

「為什麼你覺得要等他？」列維問。

「他肯定很熟悉這地方，我很高興我們不是這裡唯一的人類……」

「你怎麼能肯定這屋子是『人』弄出來的？」

肖恩被這句話嚇得一哽，「可是……那些血淋淋的人沒有皮！沒有眼睛！這樣怎麼蓋房子！肯定不是他們……」

「誰知道呢。就算不是他們，也許還有我們更想像不到的東西……」

萊爾德皺眉走過來，「夠了，嚇唬小孩有意思嗎？」

列維笑了笑：「你聽著也害怕了？」

「我是被這個破地方嚇的，並不是被你說的話嚇的。」萊爾德坐在簡易寫字臺邊，拿起羽毛筆，「我看，這屋子肯定是人類蓋出來的，而且這個人應該不會回來了……」

「為什麼？」肖恩立刻問。

萊爾德說：「你看地板上那件破衣服的樣式，還有氈帽，炭條，羽毛筆……這人大概不是活在二〇一五年吧。」

肖恩恍然大悟。樹屋的主人不在了，這結論讓他安心了很多，放鬆得打了個哈欠。

列維說：「這些以後再談，我們輪流休息吧。肖恩，你和傑瑞先睡一下……雖然傑瑞已經在睡了。」

這話讓萊爾德有點擔心，「等等，傑瑞是在睡嗎？真的不是休克什麼的嗎？他從撞暈了頭之後就沒有醒過來……」

肖恩嘆著氣看了傑瑞一眼。即使傑瑞真的撞壞了頭，他們也沒有辦法幫他做檢查。雖然滿心憂慮，但安頓下來後的疲倦如潮水般襲來，讓肖恩的眼皮開始打架。這地方沒有晝夜，其實按照平時的時間來看，他們已經奔波了一天多，早就該睡覺了。

列維正在翻閱屋內的舊筆記，還沒看幾頁，布簾後面就傳來了肖恩粗重而均勻的呼吸聲。

萊爾德掏出手機，低聲說：「列維，幫我壓住書頁。我把它們照下來備用，然後你再慢慢看它。」

列維問：「幹嘛這麼偷偷摸摸的？」

「我手機有電，而且還能再充幾次電……這可不能讓那兩個孩子知道，尤其不能讓傑瑞知道。所以趁他們睡著……」

其實列維也覺得萊爾德的手機挺特別的，待機這麼久，不僅僅是「還有電」，甚至電還非常滿。這也不算奇怪了，萊爾德還有脈衝注射器，還有不知名的終端機……這些都比超長待機的手機奇怪多了。

萊爾德翻開日記本，邊看邊拍照。日記的文字潦草而稀疏，甚至有的時候一頁只有幾個單詞，內容比他們想像中要少很多。萊爾德很快就把它照完了。

「你看了多少了？」萊爾德問。

列維翻到其中一頁，「這裡。」

那頁上寫著：一切祈禱都毫無意義。

這句話占據了整個跨頁。

萊爾德往前翻了幾頁。書寫者沒寫時間與日期，也沒有解釋他如何生存，更沒提及他出現在此的目的……他根本沒有解釋關於這世界的任何事。不過，至少前面的書寫方式還比較正常，能看出他是在用零碎的語言記錄所見，而不是後面那種沒頭沒尾的悲情感嘆。

在前面，這人描寫了灰色的樹林，還畫了小地圖。如果他的記錄準確，那麼有個不知是好是壞的消息：這片樹林很大，但更大的區域不在這邊。樹屋不遠處就是樹林的盡頭，那邊地形更開闊。按照終端機的顯示，他們四人正好打算往那邊走。

但那邊必定也有凶險，我暫時不會過去。筆記中是這樣寫的。

在灰色樹林之前，此人花了更多篇幅描述一座樹籬迷宮，記錄了迷宮的走法，植物可能的種類等等。

列維他們沒見過樹籬迷宮，也許是因為他們和此人的出發方向不同。

此人也提到了「房子」。他沒寫自己是怎麼來的，只寫了自己從一棟房子裡走出來。他寫的是一座類似圖書館的建築，建築外就是樹籬迷宮。他在迷宮裡耗了很長的時間，長到他不知道如何計數。他也提到了「在這裡不需要飲食」這一點，與安琪拉的筆記、與列維他們的親身感受完全一致。

後來此人漸漸察覺到，迷宮裡不僅有他，還有某種別的東西。他沒寫出到底是什麼，也許他自己也搞不清楚。

隨著恐懼越發強烈，他的筆跡也越來越凌亂。他說，迷宮開始凋零，地上滲出液體，腳下出現大河，他差點在河裡喪了命，好不容易才爬上岸。上岸一看，他已經身在灰色的樹林裡，河水仍在原處，迷宮卻不見了，河對岸是同樣的灰色樹林。

「這和我們的感覺有點像……」萊爾德靠在木板牆上，「一開始，我們身邊除了雜草就是雜草，後來肖恩覺得有東西跟著我們，我們就都感覺到不對勁了，一旦我們都有所察覺，雜草就突然變成了樹……」

列維說：「這和我們對『不協之門』的理解有點像。只要有人察覺，別人就也會看見。你能看見它們，它們才能影響到你。」

萊爾德往後翻了翻本子，「對了，你看這本日記後面……從那句莫名其妙的話開始，這人好像瘋了……」

確實如此。從占據跨頁的「一切祈禱都毫無意義」開始，後面的內容變得更加令人費解。

各種互相沒有關聯的句子、詞語連成一片，有疏有密，橫豎交錯，還有發洩般的亂塗。這人的墨水大概用完了，後面還改用炭條，炭條所寫的文字會因為紙張摩擦而模糊，所以能夠看清的句子並不太多：

沒有「死亡」這個概念。

就算你不相信，它也是真實存在的，無人能夠修改。

我再也不會見到他們了。我比他們更早地[redacted]

不會倒下，沒有死去。

其實我還未出生。

[redacted]不代表真實。

成為真正該成為的東西。

洞察即地獄。

這些句子並不相連，它們只是其中最清晰、最好理解的幾句而已。除此外，還有很多錯到認不出的單字、前言不搭後語的句子。

幾頁後，這人開始默寫詩歌。比如：

我只活在我們同在的時間內
未來和過去都被忘懷
彷彿不會出現，從不存在……[9]

彷彿在梳理心緒一般，他的書寫短暫地恢復了整潔，保持了兩三頁之後，字句又再次崩潰混亂起來。

然後這本筆記就結束了。他只寫了半本多，後面還空白著很多頁。他沒有簽名，沒提過自己的身分和目的，他帶進來三本手工綁的本子，還有兩本完全空白。

「那兩本空白的哪去了？剛才還放在這。」萊爾德掃了一眼桌面。

列維說：「我收起來了。反正是空白的，也許我們能用得到。萊爾德，你見過那些東西嗎？樹籬什麼的，還有河，那些草地，灰色的樹。」

萊爾德搖搖頭，「我沒印象。且不說我多半沒來過這裡，就算來過我也不會記得

9 大部分節錄自雪萊的詩《寫在勒瑞奇海灣》，譯者江楓。

太多。那時我才五歲，那段經歷對我來說就像一場夢似的……那種很久以前的惡夢。你能記得某天自己做了個惡夢，但恐怕記不住夢裡的每個場景吧？」

「當然，」列維說，「夢醒的瞬間還能記得，之後就慢慢忘了……人都說是這樣。但是你卻記得『伊蓮娜』……雖然那時你並不知道這個名字。」

「是啊……我好像只對她印象特別深，也不知道為什麼。」

想起那層巨大的皮膚，那雙枯瘦的手，萊爾德不由得打了個冷顫。

列維看向他，「對了，給我看一下傷口。」

「已經恢復得差不多了。我小時候還摔骨折過呢，這點小傷不算什麼，我根本不放在眼裡。」

「得了吧，你走起來都有點跛了。」列維看著他爬上繩梯的時候，還想過萬一他腳軟摔下去怎麼辦……還好，他順利爬上來了，「我可不希望你傷口發炎感染然後暈在路上。凱茨家兩個兒子雙雙昏迷，我和肖恩難道得一人扛一個？」

列維握住萊爾德的腳踝，一手去捲起他的褲管。萊爾德的傷口恢復得還可以，比想像中還好一些。看來他真的用了藥膏，不是在胡說八道。之所以列維非要親自檢查，是因為他總覺得萊爾德是那種對人身健康毫無概念的傢伙……一個曾經主動跳樓摔斷腿的人，還有什麼事是他幹不出來的？

萊爾德側躺著，一手撐著腦袋，「好了嗎？看夠了嗎？你是不是戀足癖？」

列維放開他的腳踝，「你是不是受虐狂？」

「我不是，我一點也不喜歡被打，」萊爾德坐起來，故意向後抹一把頭髮，「怎麼，這個回答讓你失望了嗎？」

列維斜了他一眼。萊爾德嘖嘖搖頭，「不要緊，很多人都並不瞭解自己。這是一種很常見的癖好，我並不歧視……」

「閉嘴。」

「不要逃避……」

「你小時候有過什麼樣的玩具？」列維突然問。

萊爾德一愣，「什麼？」

「你小時候住什麼樣的房子，有過什麼印象比較深的玩具，還能想得起來嗎？」

「為什麼要突然和我談童年？」萊爾德做出驚恐的表情，「我聽說，在愛情肥皂劇裡，主角們一旦在獨處時開始談童年，接下來很可能就要……」

列維被他煩得腦袋疼，只能直接打斷他的話，「進樹屋之前，我說那座草原中的房子可能不是真的，你還記得嗎？」

「記得，你想說什麼？」萊爾德問完，還小聲嘟囔了一句：「但願你不是在岔開話題……」

列維問：「在那棟房子裡，我沒發現回去的路，卻看到了幾樣不該出現的東西。一些熟悉的東西。」

「什麼東西？」

「雙人床，玩具。」列維吸了一口氣，「我小時候見過它們……我還有印象，尤其是塑膠小兵的種類和數量。」

萊爾德順口問「是你家嗎」，列維說自己小時候曾和親戚的小孩同住，那期間見過這些東西。但其實並非如此。

小時候，列維曾經住過一間沒有窗戶的宿舍。他和一個比他大一點的女孩子睡上下鋪，女孩也是獵犬，那時的他們還未正式接受訓練。女孩有一套茶具玩具，有個能躺下就閉眼的金髮娃娃，列維的玩具是七個綠色塑膠小兵。

他對童年時期宿舍的印象就是這些。再長大一點後，他和那女孩被分別帶走，能玩玩具的童年也結束了。

列維繼續說：「我並不是說『那間房間』等於『我小時候住過的房間』，而是……它很像，卻又不完全是。就像有誰把我腦子裡的東西提取出來一點點，和別的元素混雜在了一起。比如說，我沒見過那隻漏了棉花的熊，也沒玩過積木。」

把萊爾德放在一樓的沙發上之前，他們兩人都在二樓看到了那個小房間。室內面積很小，沒有窗戶，地板是淺木色，門對面的牆邊是雙層小木床，地上堆著破舊的玩具，有塑膠小兵玩具、原色的積木、漏了棉花的小熊和娃娃，還有一套翻倒的小茶具。看起來像是男孩和女孩共用的房間，而且兩人的年齡都不大。

萊爾德抓了抓頭，「這麼一想……那熊好像是我的……」

「積木呢？」

「我不確定。我小時候確實玩過積木，我會把它們搭成一座小城市，放在地板上一星期都不動。但積木都長得差不多，我不能確定那房間裡的和我小時候的一樣。但小熊……它是淺黃色，有黑領結，左手露棉花，對吧？天哪……這麼一想，我小時候確實有這樣的小熊！如果你不說，我根本沒往這方面想，我還以為只是眼花或者巧合……」

萊爾德說到這裡，隔開樹屋兩部分的布簾被一把掀開，傑瑞滿臉驚訝地鑽出來：

「不對！！」

「你醒了？」列維立刻坐直了一點，稍稍擋住萊爾德。萊爾德借機迅速把褲管放下來。

傑瑞坐下來，慢慢蠕動靠向兩人，茫然地問：「我醒了……我在哪？」

傑瑞最後記得的畫面是：天突然黑了，周圍的景物以不可思議的速度快速變化……然後他就什麼都不記得了。

醒來後，他第一眼就看見了身邊睡著的肖恩，所以他也沒有太過害怕。他聽見列維和萊爾德在說話，正好說到草原裡的那棟房子……於是他一激動就搭了話，搭話後他才看清周圍的環境，於是延遲式陷入慌亂。

萊爾德簡單對他講了這段時間發生的事。提到鮮紅色的不明物時，萊爾德仔細地描述了一番那東西的長相，恨不得多找幾個形容詞來渲染它的質感，但傑瑞只是靜靜聽著，皺著眉頭，看起來並沒有被嚇壞……這讓萊爾德十分不甘心。

聽人描述就是不如親眼所見。傑瑞能想像出的最恐怖的畫面，大概也只是電影和遊戲裡的特效怪物。

情緒穩定下來後，傑瑞終於想起了剛才的話題，「你們在聊那棟房子……你是說二樓的房間嗎？走出浴室後，最近的那間？」

「是。」列維說。

「我也進去過！我看到的不是那樣！」

傑瑞還清晰地記得，他原本想回自己房間，結果卻和肖恩看到了一個陌生的房間。但他們沒有看到什麼雙層床，也沒看到像是女孩玩具的東西。

他們看見的房間有窗戶，有淺藍色窗簾，窗臺上還擺著花盆，地上的雜物中有皮球、樂高玩具和一些舊書……他甚至還認出其中一本是蜘蛛人的漫畫，他小時候買過一模一樣的書。

列維對傑瑞的反應並不吃驚，他問：「你去過房子的其他區域嗎？」

「去過，」傑瑞說，「我和肖恩去過主臥室、廚房、衛浴間……不是我們原先在的那個衛浴間，原來的衛浴間消失了。」

「我知道。」列維點點頭。

接下來，他們互相對證了一下在那棟房子裡看見的東西。

他們看到的都是長久無人居住的房屋，房屋沒什麼風格可言，是那種近年來新建的小鎮獨棟屋，松鼠鎮有一堆這樣的房子。如果只是隨口一說，不談細節，兩方一定會覺得看到了同樣的房子。

但並不是。他們四個人分成兩組，兩組看到的房屋細節不一樣。每個房間都不一樣。

當列維四下搜尋時，萊爾德還渾身又痛又麻，躺在一樓客廳的沙發上沒怎麼動，所以他沒見到所有房間的樣子。但他可以確定的是，他和列維在一起的時候，兩人見到的東西應該是一樣的，否則他們在溝通時肯定會出現莫名其妙的狀況。

對萊爾德來說，印象最深的就是他躺過的沙發。他說那是個能坐三個人的長沙發，放在客廳牆邊，靠背偏矮，沙發款式比較老，座位不算很寬。列維把他扶上去時，看到的也是這樣的沙發。沙發上蓋著一層白布，萊爾德沒有掀起布來看，所以不知道沙發是什麼顏色，不過就躺上去的感覺來看，那應該是一張彈簧有點壞掉的布沙發。

但傑瑞看到的不是這樣。他和肖恩也在一樓看到了沙發，是靠背又高又寬的皮沙發。他之所以知道是皮沙發，是因為他把每塊家具上的白布都撩起來看過。這沙發也能坐三個人，但它擺在客廳中間，而不是靠牆，旁邊有個沙發凳，也蒙著白布。這種擺放方式倒有點像傑瑞家的客廳。

每個家庭的客廳裡都會有沙發，如果不是講出細節，肖恩與傑瑞，列維與萊爾德，這兩組人根本不會發現他們看到的景象各不相同。

傑瑞被震撼得結結巴巴，「但……但我們都看見那些草了，對吧？」

為保證細節準確，醒著的三人又核對了一下一路奔波中看見的各種細節，比如雜草的顏色與高度，草突然膨脹時的景象，令感官混亂的黑暗，突然出現的樹木……還有現在眼前的樹屋，樹屋內的物品等等……會合後的一路上，他們看到的東西確實一樣。

列維說：「我只是猜的……剛走進『門』，剛接觸到這世界時，我們所見的細節也許會根據觀察者不同而變化。我和萊爾德一起觀察時，我們會一起看到某種表像；傑瑞和肖恩一起觀察時，看到的又是另一種表像。如果換做我和傑瑞同時行動，或者是我獨自一人，或萊爾德獨自一人，我們各自看到的細節可能都會不同。」

「如果現在我們分開行動呢？」傑瑞問，「我們也會各自看到不同的樹林嗎？」

「可能不會……」列維指了指樹屋內的各個角落，比如簡易木桌，布簾，牆角的木縫等等，「我是第一個爬上來的，那時你們都在下面等著，傑瑞還沒醒。我在樹屋裡看到的東西，和現在與你們一起看到的沒有區別，」

萊爾德緩緩點著頭說：「這樣一看，我們越是深入走下去，就越會看到這地方真正的模樣。」

他抬眼看列維，列維也正好看向他。眼神相接時他意識到，列維也想起了那本樹屋主人的日記。

那人一開始看到了圖書館和樹籬，然後和他們一樣看到了灰色樹林和樹屋。剛進門的時候是一片黑暗，接著就是各不相同的假象，最後才會來到同一個地方。看來每個進門的人都是如此。

越是清晰地察覺到危險，假象的簾幕就會越快被撕裂。與此同時，越是失去這塊簾幕，便越會直面原本不存在的危險。簡直像個相輔相成的陷阱。

樹屋主人的日記裡寫了這麼一句話：**洞察即地獄**。大概他想說的就是這麼回事。

傑瑞看看列維，又看看萊爾德，小心翼翼地問：「你們為什麼突然不說話了？這樣很恐怖哎……」

萊爾德揉了揉手臂，像在抹去雞皮疙瘩，「因為我突然想到了一些更恐怖的東西……」

列維看著他，「不要想。」

萊爾德縮著脖子，「你沒聽過那句話嗎？『越要你別想大象，你就越會想到』。」

「情況不一樣，」列維說，「我們跑掉的時候，遠處還有那些東西的身影，它們沒追上來。我們一路上肯定不只一次回想過它們的模樣，但它們沒有追來，沒有出現。」

萊爾德點點頭，舒了口氣，畢竟列維說得也有道理。

傑瑞又慌又著急地湊過來，「『它們』到底是什麼！說明白點好不好？」

萊爾德說：「就是我說過的那個東西，紅色的……」

他還沒說完，語句被一聲嘶叫打斷。

像喉嚨沙啞的人強行尖叫，也有點像山獅的聲音。聲音穿過廣闊而寂靜的灰色樹林，清晰地傳到樹屋內，叫人一時辨不清遠近。

坐著的三人像被凍住一樣，互相瞪著眼，誰也沒出聲。

布簾後的肖恩「咕咚」一聲坐起來，下意識地緊緊抓住手邊的東西，看到那只是一捆破毯子後，又僵硬地放開了手。

傑瑞用口型緩緩問：「那……是……什……麼……」

列維沉著臉，一邊慢慢挪向樹屋門口，一邊從腰後掏出他的左輪手槍。傑瑞看到槍嚇了一跳，不斷對萊爾德和肖恩擠眉弄眼，但這兩人都沒什麼反應。他暈了一路，錯失了很多精彩畫面。

尖嘯聲消失後，樹林靜了幾秒，又響起一陣嘈雜。

列維靠在樹屋門邊，從木縫望出去，渾身緊繃起來。「也許我們應該離開這裡……」他低聲說。

傑瑞蜷縮在一角，「等等，先冷靜下來想想，我們其實沒必要離開吧？我們藏在這裡不出聲就可以了……」

肖恩也說：「我覺得有道理，這個樹屋保存得這麼完好，代表從前沒人襲擊過它！它的建造者肯定是外出的時候被殺掉的……」

萊爾德也找到一條能看清外面的木縫。這地方沒有晝夜變化，外面一直維持著有光照但十分陰沉的狀態。樹林深處灰濛濛的，一些更加暗沉的影子閃現在其中。它們時而隱匿在樹後，時而以古怪的姿態佝僂著前進，在這距離下，肉眼看不清它們身上的細節。

萊爾德的手提箱裡有小型望遠鏡。雖然他並不太想看清，但還是慢慢打開了箱子，拿起望遠鏡。

他的臉色越發蒼白。他看清楚了，遠處的那黑影就是他們見過的那種生物。它們渾身黑紅斑駁，姿態扭曲，抽搐著、跳躍著、四肢著地爬行著，一邊行進，一邊發出令人頭皮發麻的哀嚎。

萊爾德調整一下焦距，他又看見了另一個東西。那些鮮紅怪物的後面不遠處，還有道昏暗朦朧的影子。它依稀是人形，身上灰撲撲的。由於過於高大，大半個身體都被枝枝杈杈的樹冠擋住了。

它蹣跚著前進了幾步，改為低身匍匐，這時，萊爾德終於看清了它的「頭部」。

那是一張人類男性的臉。五官正常，灰髮灰鬚，還帶著愉悅的微笑。它的頭顱與人類頭顱大小一致，但身體顯然不屬於人類。它至少有九英尺高，肩膀厚得像灰色山石，而且左右不對稱，更重要的是，它有很多很多的手臂……從肩部以下，他的身體上到處都是手臂……長短不一、形態各異、灰色的、屍體般腫脹的手臂。

它伏在地上，其中四條手臂緊緊按著一團血紅色……那是一隻沒有皮膚的怪物。這隻怪物已經成了血紅色肉塊。灰色的生物用四隻手死死按著它，兩隻手扒住它末端的一個圓形贅物，從中間找到一條縫隙，慢慢掰開。

萊爾德這才看出來，那個「贅物」是血色怪物的「頭顱」。它的頭血肉模糊，完全失去了細節。

灰色生物掰開的是血色怪物的「嘴巴」。它用兩根過於纖長的手指伸進去，從裡面拔出一顆粉色的小球——是血色怪物的眼珠。這種怪物張開嘴時，眼珠就在它們的口腔內。

灰色生物捏著眼球，放進了自己嘴裡。

隔著一定距離，按理說聲音傳不過來，但萊爾德還是有聽到了咀嚼聲的錯覺。

「我們真的得快點離開……」萊爾德放下望遠鏡，聲音微微顫抖，「立刻……馬上！」

爬上樹屋的時候，昏迷中的傑瑞是被肖恩背上來的，現在要通過繩梯爬下去，對傑瑞來說是相當大的挑戰。樹屋挺高的，繩梯又軟又晃，遠處還有奇怪的不明物在時刻威脅著他們……傑瑞踩著木條，上半身還趴在木屋地板上，向下一看，就腿軟得不敢動了。

肖恩和列維已經下去了，傑瑞是第三個，萊爾德最後走。傑瑞掛在門口不走，萊爾德也沒辦法下去，他一邊鼓勵傑瑞，一邊舉著望遠鏡，死死盯著那灰色的影子。

傑瑞下了好幾次決心，卻每次都剛挪動一隻腳就放棄了。

肖恩在下面愁得抓頭，「早知道還不如讓我繼續背他……嘿！傑瑞，勇敢點，就當是在參加體能挑戰！不高！沒什麼！」

傑瑞咕噥著：「可是……我從沒參加過體能挑戰啊……」

肖恩無奈道：「勇敢點！別像個小女孩似的！」

「你……你這話……屬於性別歧視哦……」

「你他媽還有心情管我有沒有性別歧視！省省這個力氣快點滾下來好不好！」

傑瑞還在那磨蹭，萊爾德突然一手按住他的肩，「你得快點了……」

只有萊爾德拿著望遠鏡，其他人不知道他看見了什麼，只能看到他跪在門邊，身形十分僵硬。

列維喊道：「萊爾德，你直接把他推下來。」

傑瑞連忙說：「不！別！不要……我自己來！我自己來！」

萊爾德放下望遠鏡，搭在傑瑞肩上的手緊了緊。

「別啊！我馬上……」傑瑞連忙強迫自己往下邁了一條腿。他上下肢動作完全失調，扭來扭去地穩定身形，半天才能下去一格。在他下到中間時，上方傳來「喀嗒」一聲，繩梯突然劇烈晃動，向上提起。傑瑞抓不住繩子，「嗷」地一聲掉了下來。肖恩手疾眼快地去接，兩人一起滾倒在地。

萊爾德故意晃動繩梯，讓傑瑞摔了下去。

「跑！」他對下面的三人喊，「不然來不及了！」

肖恩和傑瑞還在發愣，列維對著某個方向推了他們一把，「跑。」

傑瑞看到列維手裡的左輪手槍，什麼也沒敢問就聽從了命令。

雖然剛才摔了一下，現在他卻第一個拔腿跑了起來。肖恩有點不知所措，但還是立刻跟了上去。

列維轉身，面對剛才他們望著的方向。現在即使用肉眼也可以看見，那個高大的灰色人形生物正在向這邊靠近。

為了躲開樹枝，它的頭左右搖擺著，不時扭曲成人體不可能做到的角度，它的軀幹上長滿手臂，每隻手臂都在推著周圍擋路的樹木，而且每隻手臂的粗細長短都不太一樣。

來的不僅是它，還有一隻血紅色的怪物。血紅色怪物跑在灰色怪物前面。它和萊爾德最早看見的那隻生物不太一樣，那隻生物的手臂長在胸前，體格比人類高大；而這隻生物比較矮小，有一隻手臂，長度過膝，雙腿一粗一細，就像兩個人的腿裝在了同一個身體上。

這一特徵沒有影響它的速度，它跑得飛快，不停繞著曲線前進，那個與樹木一般高的灰色生物緊隨其後，卻一直沒有趕上它。

它們越來越近了。萊爾德對列維喊：「你在幹什麼？要嘛跑，要嘛躲起來啊！」

「殺了它們一了百了。」列維舉起槍，做好準備。

「你瘋了吧？我們又不是來玩射擊遊戲的！你怎麼知道它能死？」

「之前你打死過一個。」

「我是說大的那個！」

萊爾德說完，先把手提箱扔了下來，再轉身從繩梯往下爬。他爬到一半的時候，血紅色怪物已經撲到了列維身前，列維精準地一槍打穿它的頭部，它倒下的時候，後面的灰色怪物停頓了一下。

灰色怪物發出了一串咕噥聲。它的聲音非常嘶啞，聽起來既不是動物的叫聲，也不是有系統的語言，有種說不出的怪異感。

列維以為接下來它會向前暴衝，所以後撤了一段距離。萊爾德也跳下繩梯，抱起手提箱跑到更遠的一棵樹後。

灰色怪物暫時沒有靠近他們。它幾步跨到血色的怪物身邊，彎下不成比例的上身，用兩隻比較靠下方的小手扒開它的嘴巴。灰色怪物在它嘴裡摳挖了幾下，抬起頭，發出長長的怪聲，聽起來就像是失望的嘆息。這隻較矮的生物嘴裡沒有眼珠，它壓根就沒有眼睛。

然後灰色怪物慢慢轉頭，看著列維。

有時候，人在極度震撼或恐懼的時候，反而會變得冷靜很多。

面對火災，多數人會尖叫哭泣；面對屍體，很多人會噁心得吐出來……但面對完全超出自己預想的不明物時，人大腦反而會暫時冷卻。恐懼仍在，並未消失，只是暫時凝固住了。「這是什麼」的疑問會占滿全部感知，讓其他思考都因超載而停頓。

列維就是如此。他應該立刻開槍才對，但他只是盯著那生物，眼睛停頓在它的「皮膚」上。

猛一看去，它是灰色的，其實並非如此。嚴格說來，它的顏色是各種皮膚拼接成的馬賽克。它身上的每種皮膚、每條手臂都是屍體的顏色，大多是青灰色，有些比較蒼白腫脹，有些帶著焦黑，它們錯綜地拼貼在同一個形體上，遠看就是一團模糊的灰色。

不僅那些手臂兩兩不同，這生物的兩條腿也是由很多「腿部」的碎塊拼接而成的，腿粗細不同，而且膚色斑駁。

怪物向前邁出兩步，歪了一下頭，躲開與腦袋同高的樹枝……它的頭和臉都是人類的模樣，只是頭髮和鬍鬚過於雜亂茂密……在它擺動頭部的時候，有個東西在頸間閃動了一下。是黃色金屬物品的光澤。

列維的眼睛不由得睜得更大。

如今，導師們的「書籤」是銀質，會定期更換；獵犬們的銘牌是不銹鋼，列維頸上的也是如此。

而在更早的年代，書籤與銘牌都是用銅做的，樣式也不是如今的鏤空吊墜，而是更大一些的實心橢圓片，上面鐫刻著學會的標誌。列維在受訓時，曾經見過這樣的歷史物品。

「你是誰……」列維問。

話音剛落，怪物繞過擋路的兩棵樹，弓著背向他衝過來。

他只好開槍。這種情況下，即使人想好好思考，身體也會服從恐懼帶來的本能。

第一槍沒打中。想再開槍時，他的視線忽然被遮擋住——之前已經倒下的血紅色形體竟然又站了起來！

他下意識地對準紅色的形體開槍，毫無難度地擊中了它的軀幹中心，它又一次倒下去……但在這一刻，列維清晰地意識到，它們也許真的不會死……它只是被子彈的衝擊力掀翻而已。剛才它被大口徑左輪手槍在近距離打中了頭，有半個腦袋都不見了，卻還能爬起來。

就在列維分心時，灰色怪物已經閃到了他面前，它一腳踩在血紅怪物的身體上，幾乎踩穿了它的胸膛。怪物根本不理會腳下的東西，伸出正面的全部手臂，向列維撲去。

列維有所準備，敏捷地躲開了它噁心的肢體。但他沒有轉身跑開，他總想試著繼續觀察……試著再看清些什麼。

萊爾德在不遠處叫喊著什麼，列維沒聽清。他只看著那怪物，聽到它喉嚨中滾動著粗礪的怪聲。

怪物放低身形，讓正面的手臂們撐著地，變成十幾隻腳，匍匐著，謹慎地向列維靠近。

列維舉著槍後退，有那麼一個瞬間，他依稀從怪物的喉音中分辨出一句人話：

「**給我**……」

接著是含混古怪的聲音，然後又是一個模糊的句子：

「**皮**……」

怪物壓低身體，像是準備撲跳上來。

「……**手和腳**……」

在這距離下，列維能看清它的表情。如果獨立地觀察這張臉，將它視為還長在人類的身軀上，那它的表情可謂十分清明冷靜，並沒有什麼癲狂的神態。

它死死盯著列維，身體繃緊。

「**眼睛**……」

列維在它蓄勢待發時開槍，確認命中後就立刻轉身逃跑。

怪物尖叫一聲。它被擊中頸窩，黑色的血液洶湧流出。如果這一槍打在人類身上，他的脖子會幾乎斷掉，或者在肩頸處撕開一個大洞……但這個生物不一樣，它的身體厚得不成比例，簡直像那些能支撐房屋的樹幹一樣。

怪物只被阻止了片刻，接著馬上向列維追了過去。列維只與它拉開了一小段距離，而樹屋後面有一段較為稀疏的林地，如果沒有足夠的障礙，怪物一縱身就可能撲倒列維。

「閉眼！」

是萊爾德的聲音。列維猜到這人大概要做某種奇怪的事，於是立刻閉上了眼。

——《請勿洞察01》完

高寶書版集團
gobooks.com.tw

BL064
請勿洞察01

作　　者　matthia
繪　　者　mine
編　　輯　林雨欣
校　　對　薛怡冠
美術編輯　林鈞儀
企　　劃　李欣霓
排　　版　彭立瑋

發 行 人　朱凱蕾
出　　版　英屬維京群島商高寶國際有限公司臺灣分公司
　　　　　Global Group Holdings, Ltd.
地　　址　臺北市內湖區洲子街88號3樓
網　　址　www.gobooks.com.tw
電　　話　(02) 27992788
電　　郵　readers@gobooks.com.tw（讀者服務部）
　　　　　pr@gobooks.com.tw（公關諮詢部）
傳　　真　出版部　(02) 27990909　行銷部 (02) 27993088
郵政劃撥　50404557
戶　　名　三日月書版股份有限公司
發　　行　三日月書版股份有限公司/Printed in Taiwan
初版日期　2022年2月

國家圖書館出版品預行編目(CIP)資料

請勿洞察/ matthia著.-- 初版. -- 臺北市：三日月書版股份有限公司出版：英屬維京群島高寶國際有限公司臺灣分公司發行, 2022.02-
冊； 公分. --

ISBN 978-986-0774-53-5(第1冊：平裝)

857.7　　110020334

三日月書版

三日月書版

GOBOOKS & SITAK GROUP©